T0017751

Cristina Rivera Garza. Autora. Traductora. Crítica. Sus libros más recientes son *Liliana's Invincible Summer* (Hogarth Press), *Escrituras geológicas* (Iberoamericana). Premio Xavier Villaurrutia por *El invencible verano de Liliana*. En 2020 obtuvo la MacArthur Fellowship. Es Profesora Distinguida M. D. Anderson y fundadora del doctorado en Escritura Creativa en español en la Universidad de Houston.

Cristina Rivera Garza

La frontera más distante

DEBOLS!LLO

El papel utilizado para la impresión de este libro ha sido fabricado a partir de madera
procedente de bosques y plantaciones gestionadas con los más altos estándares ambientales,
garantizando una explotación de los recursos sostenible con el medio ambiente y beneficiosa para las personas.

La frontera más distante

Primera edición en Debolsillo: junio, 2023

D. R. © 2008, Cristina Rivera Garza, mediante acuerdo con Indent Literary Agency
www.indentagency.com

D. R. © 2023, derechos de edición mundiales en lengua castellana:
Penguin Random House Grupo Editorial, S. A. de C. V.
Blvd. Miguel de Cervantes Saavedra núm. 301, 1er piso,
colonia Granada, alcaldía Miguel Hidalgo, C. P. 11520,
Ciudad de México

penguinlibros.com

Diseño de portada: Penguin Random House / Laura Velasco
Imagen de portada: © iStockphotos
Fotografía de la autora: © Marta Calvo

ISBN: 978-607-383-224-3

Impreso en México – *Printed in Mexico*

The works of mankind end here; that is why it is called the tree of the outmost limit […] On this tree is written: "What no eye has seen and no ear has heard, and what did not come to any human being's mind".

"Arabic Mystical Alphabet", en Jed Rasula y Steve McCaffrey (eds.), *Imagining Language. An Anthology*, Cambridge MIT, 1998, 397.

Índice

La respuesta de Agripina   13

El rehén   15

Autoetnografía con otro   29

La Ciudad de los Hombres   51

El gesto de alguien que está en otra parte   73

La mujer de los Cárpatos   79

Fuera de lugar   91

Simple placer. Puro placer   99

Estar a mano   113

El perfil de él   139

El último signo   163

Raro es el pájaro que puede atravesar
el río Prípiat   183

La respuesta de Agripina   203

La respuesta de Agripina

Una plaza sola, sin una sola yerba para detener el aire. Allí nos quedamos.

Entonces le pregunté a mi mujer:

—¿En qué país estamos, Agripina?

Y ella se alzó de hombros.

JUAN RULFO, "Luvina", *El llano en llamas*

El rehén

Me llamó la atención el anillo que llevaba en el dedo anular de la mano derecha: una gruesa argolla de oro salpica-
da de pequeños diamantes. Era ostentosa y femenina y, en
la mano del hombre que se sentaba en la fila de enfrente, no
muy lejos de mí, parecía fuera de lugar. Los mocasines afa-
bles. La perfecta raya en el pantalón de lana. El saco de pana.
El cuello. El mentón bien rasurado. Solo desvié la vista cuando me percaté de que lloraba. El sobrecogimiento cuando
eso sucede: ver a un hombre llorar. Recargaba la frente sobre
los dedos de la mano izquierda, tratando sin duda de cubrirse
el rostro, pero eso no impedía que se notara la humedad alrededor de los ojos. El recorrido vertical de las lágrimas. Fin-
gí ver hacia la gran ventana con el hastío de quien espera un
vuelo retrasado y, cuando eso no funcionó, abrí un libro. Me
pregunté muchas veces mientras intentaba leer una de sus
páginas sin conseguirlo si había puesto el libro en la maleta
de mano para eso, para fingir que no veía a un hombre llorar
en un aeropuerto casi vacío al filo de la madrugada. En realidad no podía ver otra cosa. Me incorporé con la intención
de caminar por los pasillos alumbrados y solos y, por eso, me
sorprendí cuando, en lugar de avanzar hacia la derecha, di un
par de pasos a la izquierda y le rocé el hombro.

—¿Necesita agua? —le pregunté.

El hombre elevó la cabeza y guardó silencio. Me veía, es
cierto, pero no me veía. Sus ojos irritados parecían recapacitar
sobre alguna situación complicada y oscura. Pasaron minutos

así. Pasó mucho tiempo. Al final, cuando tuvo que aceptar que había, en efecto, alguien enfrente ofreciéndole agua, solo asintió con un leve movimiento de cabeza.

Imaginé que conseguir el líquido sería fácil, pero no fue así. Entre más caminaba sobre mosaicos resbalosos y frente a expendios cerrados, sobre cuyos aparadores únicamente podía ver mi propio reflejo, más me convencía de lo absurdo que había sido mi ofrecimiento. No solo lo había interrumpido mientras llevaba a cabo un acto íntimo y a todas luces doloroso, sino que también lo había obligado a descubrir sus ojos irritados y rotos frente a mí. Me recriminé mi conducta y, derrotada, regresé a la sala de espera. Tenía ganas de ofrecerle una disculpa o una explicación, pero dejé de pensar en ello tan pronto como lo vi otra vez. El hombre no se había movido. Ahí estaba su frente, apenas apoyada sobre los dedos de la mano izquierda, y la argolla dorada en el dedo anular de la mano que yacía sobre su regazo.

A unos pasos de él, inmóvil también, sufrí un espasmo. El agua que no conseguí cayó sobre mis zapatos, formando un pequeño charco en la alfombra gastada.

—¿Necesitas agua? —murmuraba y, ante la respuesta apenas audible, me subía a un pequeño banco de madera, extendía el brazo por sobre mi cabeza y colocaba un vaso de plástico sobre la base de una ventana pequeña y alta que comunicaba el último cuarto de una casa con el patio trasero de otra. Una mano pequeña y huesuda tomaba el vaso a toda prisa entonces, como si temiera ser descubierto y, segundos después, se podía oír cómo bebía el líquido trago a trago hasta calmarse.

—¿Quieres que haga algo? —le preguntaba entonces, todavía en voz baja. Al inicio solía responder que no, que no quería que yo hiciera algo en especial, pero a medida que pasaban los días y los golpes no cesaban empezó a comunicarse a través de una extraña forma de balbuceo. Preguntaba cosas absurdas. Tenía curiosidad sobre cosas que a mí solían pasarme desapercibidas. Quería que le describiera mi cuarto, los juegos de mesa que me entretenían de tarde, la música que escuchaba por la radio. Con susurros, tratando de evitar que se percataran de que alguien lo consolaba del otro lado de la pared, respondía a sus preguntas en todo detalle. Le contaba más.

Hubo una vez un hombre que lloraba en un aeropuerto, le decía.

Lo oía llorar por lo menos una vez a la semana. Como en un ritual primitivo, la ceremonia de su llanto solía dar inicio con un grito: un estertor femenino que se abría paso con suma lentitud desde un lugar oscuro y cerrado. Pensaba, en esos momentos, en una cueva. Pensaba en los esqueletos cubiertos de musgo que se ocultaban, con toda seguridad, bajo un puñado de hojas muertas y podridas. Pensaba en la palabra *origen*. Luego dejaba de pensar y escuchaba, uno a uno, los golpes. Mano contra espalda, cuero contra muslo, cuerda contra mejilla. Algo duro y firme contra la mansedumbre de la piel. Algo sólido y puntiagudo contra la blandura de la carne. Algo contra él. El ruido siempre me paralizaba. Estuviera donde estuviera dentro de la casa, cuando ese ruido me alcanzaba detenía el juego o la plática o el proceso de digestión. Abría los ojos, desmesurados. Apretaba los dientes. Cruzaba los brazos sobre el estómago súbitamente vacío. Luego iba a la cocina para servir el vaso de agua al que se iba acostumbrando poco a poco.

—Cuéntame de tu cuarto —pedía, con gran timidez, después de cinco o seis tragos. Y yo, con una voz muy baja, una voz con vocación de venda o ungüento, le contaba.

Tenía un cuarto amplio, donde cabían dos camas gemelas y un escritorio y una tienda de campaña. Había una ventana que abría con frecuencia para ver las estrellas o para dejar salir a las palomillas nocturnas que a veces se colaban en la casa entre los pliegues de la ropa seca. Había, entre las almohadas de tamaño normal, una redonda, de color amarillo, con una gran línea curva en forma de sonrisa, que no era en realidad una almohada sino una bolsa donde se guardaban las pijamas. Había una radio que encendía de noche, invariablemente. El croar de las ranas, le describía eso.

—¿Hay una rana en tu cuarto? —me preguntaba con asombro mientras se sonaba la nariz.

—¡Cómo crees! —le contestaba, irónica, olvidándome por un momento de que debía hablar en voz muy baja.

En una feria, alguna vez, una vidente me había anunciado muchas lágrimas. Lágrimas masculinas. Había dicho: tu vida está llena de lágrimas que no son de mujer. Recordé eso frente al hombre del aeropuerto. Lo recordé cuando me senté a su lado y le ofrecí en silencio el vaso de agua que no recordaba haber encontrado pero que llevaba, de manera inexplicable, entre las manos.

El hombre del aeropuerto se volvió a verme con gran dificultad. Dijo:

—No te preocupes. Ni siquiera sé si quiero agua —yo encogí los hombros y volví a sacar el libro de mi equipaje de mano, disponiéndome a hojear sus páginas a sabiendas de que no sería capaz de leerlas. Vi las manecillas en mi reloj de pulsera: las dos treinta de la mañana. Moví las rodillas de arriba abajo a gran velocidad hasta que me di cuenta de lo que hacía. Entonces me detuve. Me mordí las uñas con mucho cuidado y, cuando terminé, limé los bordes maltrechos una y otra vez contra la tela del pantalón de mezclilla. Cuando ya no pude más pensé en esa casa. Era, sin duda alguna, una construcción extraña. Desde fuera parecía normal: un jardín de buenas dimensiones, al que coronaba un ciprés de muchos años, antecedía la aparición del porche. Y en el porche estaban la banca de hierro y las macetas de colores que embonaban perfectamente con el vecindario de avenidas amplias y construcciones sólidas. Esa impresión cambiaba cuando se abría la puerta de entrada. Detrás de ella, imperial y sinuoso, daba inicio el pasillo. Para alguien pequeño, sin embargo, aquello no podía ser un pasillo sino un túnel: algo estrecho y largo que parecía no terminar nunca y que ocasionaba, por lo mismo, zozobra. En aquel entonces no conocía la palabra pero sí la sensación. El pasillo era también un eje a cuyos costados se abrían o cerraban puertas: hacia la izquierda, la del comedor; hacia la derecha, la de la sala. Sobre el lado izquierdo y de manera consecutiva: la cocina; luego, un patio interior. Luego mi recámara. El baño. Sobre el lado derecho y de manera consecutiva: otra recámara, otro baño. Al final de todo se encontraba el último cuarto: una habitación húmeda, de grandes mosaicos cuadrados de color gris, que solo tenía una pequeña ventana a la que le habían puesto un vidrio blancuzco que dejaba pasar algo de luz, pero no permitía ver del otro lado. La ventana, además, no se abría. No, al menos, en un sentido estricto. Yo empujaba la parte inferior y entonces se hacía una pequeña apertura triangular, un ángulo de cuarenta y cinco grados o menos, por donde iba y venía el vaso de agua. Iban y venían las palabras. El llanto.

—Mi infancia —murmuré de la nada, sin aviso alguno, sorprendiéndome sobre todo a mí misma—. Mi infancia estuvo marcada por unos corazones que aparecían sobre el pavimento, justo frente a la puerta del jardín de mi casa.

El hombre sacó un pañuelo de su bolsillo izquierdo y, después de sonarse la nariz, se volvió para verme una vez más. Parecía haberse dado cuenta apenas de que alguien a su lado había pronunciado un puñado de palabras. Parecía que el haber entendido esas palabras lo llenaba de un gusto eufórico y extraño.

—Debió haber sido halagador —dijo, abriendo la posibilidad de la conversación.

Le contesté que no.

—Era vergonzoso en realidad —el libro abierto sobre mi regazo, la mirada sobre el ventanal—. Todo eso lo era. Los corazones de tiza. Mi nombre. El nombre de un desconocido. La flecha entre los dos. Las gotas de sangre o de qué supurando por una de sus orillas hasta caer al suelo.

El hombre sacó una libreta del bolsillo derecho de su saco. Luego, sacó una pluma del bolsillo interior del mismo e, inclinado sobre su propio regazo, con el trazo titubeante, dibujó algo en una de las hojas cuadriculadas.

—¿Así? —preguntó, mostrándome un corazón dentro del cual se encerraban dos nombres inverosímiles: Hnjkö y Jsartv. Una flecha entre los dos.

Lo vi de reojo. El ruido cada vez más cercano de la aspiradora me distrajo. No muy lejos de ahí, un hombre de overol azul pasaba un trapo húmedo sobre los asientos vacíos de la sala de espera. El olor a amoniaco.

—Deben venir de muy lejos —dije por toda respuesta—. De otro planeta —añadí mientras tragaba saliva.

El hombre sonrió: una leve inflexión del labio superior, una sutil inclinación de cabeza. Me miró. El aterrizaje de un avión nos despabiló.

—¿Cómo lo sabes? —preguntó, extrañado, cuando se volvió a verme. Iba a decirle que no lo sabía, por supuesto, que nadie podría saberlo, pero en lugar de hacer eso le relaté, con una facilidad que me tomó por sorpresa, aquella tarde fresca, una tarde de jueves si mal no recordaba, en que los había conocido. Estábamos en un río. Yo seguía de cerca a mi padre, saltando de piedra en piedra hasta encontrarme casi en el centro de la corriente, y ellos, paralizados en la orilla, me veían avanzar. Más tarde, cuando mi padre me mostraba la manera exacta de lanzar piedrecillas lisas y planas para que rozaran apenas la superficie del agua y siguieran, sin embargo, avanzando, se aproximaron. Algo les había ganado: sus ganas de saber.

—Hnjkö y Jsartv —murmuró el hombre, viéndome a mí y al techo del aeropuerto al mismo tiempo, viendo también el río y las piedras y el reflejo de la luz sobre nuestras huellas: todo el cielo azul sobre su cara—. Siempre me los imaginé así —añadió.

Sospeché. Lo observé con cuidado: las bolsas bajo los ojos. Los labios rosas. El nacimiento de la barba. Dudé, ciertamente. Me volví a ver las caras ajadas de los pasajeros que aparecían, en lo más hondo de la madrugada, por la estrecha puerta de arribo.

—Fueron ellos los que descubrieron todo ese asunto de los corazones —le informé, aprovechando que también se había distraído con la llegada de los pasajeros. Hay ojos que se alumbran de inmediato, cegadores, y otros que, como el caracol sobre la pared húmeda, se toman su tiempo. Los del hombre que lloraba eran de los segundos. Su transformación fue pausada pero notoria. Poco a poco, la mirada se deslizó hasta posarse, ávida, sobre el pavimento desigual de una calle sobre el que aparecía, cada mañana, un corazón pintado con tiza blanca.

—Lo vieron una madrugada —le dije—. Justo antes del amanecer.

Algo muy cercano al gozo me invadió cuando comprobé que el hombre del aeropuerto mantenía ese silencio palpitante que invita a la continuación de los relatos.

Me preguntaba cómo resistía todo aquello. Cuando oía el estertor que marcaba el inicio de la golpiza, podía ver sus brazos sobre la cabeza, tratando de protegerse de lo inevitable, su cuerpo arrinconado en una esquina del patio trasero de su casa. Podía aspirar el aroma de su miedo. Y ver sus lágrimas, eso podía hacer desde el otro lado de la pared, mientras me quedaba inmóvil, conteniendo la respiración. Sobrecoger significa horrorizar, en efecto, pero lo que sucedía en esos momentos no era un contacto con el horror sino un proceso más íntimo y callado. Algo me avasallaba y me obligaba a cruzar los brazos sobre el estómago en actitud de abrazo o defensa. Un movimiento inmemorial. Algo me sobrecogía y me dejaba a un lado de la pared, inútil y espantada, el hombro y la cabeza recargados contra su superficie plana. El dedo que se desliza, sin conciencia, por la mirada. Luego: el agua. Luego: las palabras.

La noticia apareció en las páginas interiores del periódico, le decía. Un hombre llorando, efectivamente, en la sala vacía de un aeropuerto. Una madrugada.

—¿Y él por qué llora? —me preguntaba a susurros, tragándose los mocos y colocando el vaso ya sin agua en el borde oxidado de la pequeña ventana.

—Supongo que por lo mismo que tú —le contestaba después de un rato, dubitativa—. Porque alguien le está pegando.

—Pero la sala está vacía, eso dijiste.

Guardé silencio. Un silencio avergonzado.

—No te preocupes —balbuceó con una voz apenada, contrita, después de un rato—. Yo nunca he viajado en avión.

Las paredes estaban pintadas de blanco: un color iridiscente. Eso le contaba. Había cucarachas que volaban de una esquina a otra de mi cuarto, especialmente en el verano. Esperaba impresionarlo con ese tipo de información, sobre todo con el tono frío y científico con que lo contaba. Había hormigas: largas hileras. Los mosaicos del piso eran de color verde: un verde difícil de describir. Eso le decía. Un verde de mayólica. Ahí caían, ruidosas, las canicas. Sobre ellos bailaba al compás del tocadiscos con zapatos de gamuza. Bebía limonadas en grandes vasos de plástico. Los pájaros hacían muchos nidos en las ramas del ciprés. Cuando uno pasaba bajo su fronda vertical podía darse cuenta de que esos pájaros no cantaban, sino que emitían gritos punzantes, chillidos en realidad. El eco de una sirena lejana. Como si sus patas estuvieran pegadas a los troncos, abrían los picos más para quejarse o para pedir auxilio que para entretener al viento. Soñaba con salir de ahí: soñaba con convertirme en la hormiga que por fin se pierde dentro de la grieta correcta o el pájaro que logra, por casualidad o convicción, zafar la pata del pegamento.

—¿Y para qué querrías desaparecer? —me preguntaba a susurros del lado de su pared. Eso me ponía pensativa. Encontrar una respuesta a esa pregunta se convirtió en una obsesión de la infancia. Una hormiga. Una hilera. Un pájaro. Una desaparición. ¿Para qué querría uno una cosa así?

El último cuarto de la casa era, sobre todo, un suplicio. Eso le contaba también. Aunque estaba planeado para los invitados, los pocos que nos visitaban preferían dormir en el mío, en la pequeña cama gemela que no ocupaba nadie, a pasar una noche en esa habitación húmeda y oscura. Todos lo evitábamos en realidad. Pensaba que con esto lo impresionaría. Ahí se guardaba la ropa de invierno o los viejos juguetes de mesa o los adornos de navidad. No sabía por qué, siendo la más pequeña, era usualmente yo quien tenía que ir hasta el final del pasillo para buscar un par de botas o bolas de unicel. Cuando iba, cuando no tenía otro remedio más que ir al último cuarto, avanzaba con cuidado, deslizando el dedo sobre la pared del pasillo como si no quisiera perder contacto con algo que dejaba atrás. Una vez dentro, me detenía, paralizada. El olor era distinto ahí. Musgo. Naftalina. Polvo. El sol, que iluminaba el resto de la casa, no entraba en esa habitación. Era otro mundo. Ahí era siempre de noche. Siempre hacía frío en ese planeta. No había ningún ruido. Ahí, del otro lado, alguien lloraba. Eso le contaba. Un niño. Alguien que pedía agua. Nadie hablaba de él, aunque sus gritos y gimoteos entraban en la casa por la ventanita y, luego, se escurrían, como el agua que tomaba para calmarse, por el pasillo, por el túnel que era el pasillo, hasta encontrar la puerta de entrada, nadie hablaba de él. Eso le decía. Mis padres se miraban de reojo cuando todo aquello empezaba y guardaban un silencio bien educado, un silencio compasivo y pétreo que me producía, más que alivio, miedo. Yo me abrazaba a mí misma y me inclinaba. El llanto del niño, el llanto que venía de la otra casa, se detenía solo un segundo bajo el ciprés del jardín y, ahí, se confundía con los gritos de los pájaros enloquecidos. Luego todo volvía a empezar. No sabíamos en qué momento se volvería a desgajar la atmósfera de la casa, pero sí teníamos la certeza de que pasaría otra vez. Una y otra vez. Una más. Un vaso de agua.

—Hnjkö tenía los ojos azules —le expliqué al hombre—, y Jsartv, que siempre estaba a su lado, también. Parecían gemelos —titubeé—. Creo que lo eran.

—Apuesto a que les gustaba jugar con eso —dijo—. Con su parecido. Confundir a la gente, ya sabes. Las bromas.

—Sí.

—Pero Jsartv tenía los ojos cafés —añadió luego de un rato—. Ojos cafés como los tuyos —dijo, mirándome de frente y, cuando no vio ninguna reacción, tomándome el rostro entre sus dos manos con una violencia apenas contenida—. No trates de engañarme.

Me sonreí en silencio. Bajé la vista. Hay un hombre que llora en un aeropuerto, le contaba yo a alguien a quien nunca vi. El hombre lleva una daga dentro.

—¿Dentro de qué? —me preguntaba la voz infantil.

—Dentro de su cuerpo —le decía—. Naturalmente, sí.

La representante de la aerolínea que se acercó a darnos informes sobre el estado del vuelo retrasado llevaba el rímel corrido y, cada que abría la boca para ofrecer una nueva explicación, nos bañaba con el aliento viciado de alguien que no ha comido en días.

—Parece que terminaremos pasando toda una vida aquí —dijo el hombre, ensayando un humor triste, a medias derrotado.

—Es el clima —repitió la encargada una vez más, apenas compungida—. Causas fuera de nuestro control.

Desde el último cuarto del que no podía salir, me pregunté si existían otras causas. Otro tipo de causas. Si existía algo que en realidad estaba o pudiera estar bajo nuestro control. El clima. Los corazones que aparecen sobre el pavimento. El llanto. Una parvada de pájaros que graznan, enloquecidos. Hnjkö. Jsartv. El amor.

—Toda una vida juntos aquí —repitió el hombre cuando la encargada hubo partido. Suspiró. En ese momento el silencio en el aeropuerto vacío fue total. La luz, esa luz.

El reflejo. Abrí la ventana. La oscuridad. Luego regresó el eco de la aspiradora, el rumor de algunos pasos.

—Llevamos toda una vida juntos —susurró—. Toda una vida juntos, aquí —se señaló las venas en la parte posterior de las muñecas. Luego volvió a colocar las yemas de los dedos de la mano izquierda sobre su frente y, una vez más, fue incapaz de ocultar lo que hacía: algo íntimo e impostergable y vergonzoso. Algo roto a la mitad.

Nunca le pregunté cómo había llegado ahí. Tampoco le pregunté su nombre o su edad. Durante todo ese tiempo, me limité a hacer lo que me pedía: describirle mi cuarto, hablarle de la casa, contarle historias que acontecían en lugares muy lejanos y raros. Un aeropuerto. Un río. Una playa. Cuando terminaba, cuando todo volvía al silencio inicial, regresaba a través del pasillo al mundo real. Me colocaba bajo las ramas del ciprés hasta que el graznido de los pájaros me obligaba a correr. A veces corría alrededor de la cuadra, buscando su casa. Tratando de identificarla. Todas me parecían igual: eran construcciones sólidas en cuyos jardines de buenas dimensiones crecían rosales y geranios. Casi todas tenían un árbol de tronco grueso en cuyas frondas vivían, pegadas las patas a sus ramas, los mismos pájaros. A veces solo corría por correr. Corría para escapar sin saber, en realidad, por qué querría hacer algo así. Corría hasta que el aire explotaba dentro del cuerpo y los pies se volvían ligeros y, en lugar de correr, levitaba. Eres real, quería decirle. Para eso lo buscaba, para decirle que había un mundo fuera del último cuarto de la casa. Que el río y el aeropuerto y la playa eran reales. Que yo lo era.

Hay un hombre que llora en un aeropuerto, le repetía. Trataba de consolarlo mencionando que incluso alguien mayor, un hombre adulto y de traje que, además, se transportaba en avión, podía hacer aquello que él estaba haciendo: llorar. Pensaba que su debilidad o su terror, así, podrían adquirir dimensiones humanas. Algo conmensurable.

—Pero ¿por qué llora él? —insistía en su pregunta como si cada causa provocara un llanto distinto.

—Por lo mismo que tú —replicaba con el latido del corazón zumbándome en los oídos—. Siempre es por lo mismo, ¿no lo entiendes?

No lo entendía así: eso me transmitía su silencio. Había causas ajenas y causas bajo control y causas fuera de control. El clima. El amor. La zozobra. No las hubiera podido llamar así en esos años: carecía del vocabulario. Eso lo fui comprendiendo o imaginando solo después, con el tiempo. Solo aquí.

—Los corazones los pintaba él —le dije—. Lo hacía de madrugada, como ahora —recapacité—. El día en que lo descubrieron sentí un malestar tremendo. Sentí vergüenza.

El hombre que lloraba en un aeropuerto guardó silencio. Trataba de contener la respiración, no había duda. No retiró la mano de su cara ni cambió de posición. Su único cambio era invisible: el resuello. Un resuello largo y suave, como de tarde gris.

—Lo agarraron in fraganti —continué—. Cuando elevó la vista bajo el círculo de luz que formaba la linterna todo quedó al descubierto: un hombrecillo pequeño y flaco, de gruesas gafas verdes, con el pedazo de tiza en la mano. Eso era. Un niño viejo. Una criatura pálida y temblorosa. La saliva acumulada en las comisuras de su boca. Un par de adultos lo jalaron del brazo y, cuando ya se lo llevaban, les gritó con una voz gangosa y aguda, una voz que nunca había escuchado antes y que me llenó de terror, que no podía ir con ellos. Que pronto saldría su avión. Que se le hacía tarde para llegar al aeropuerto.

Me volví a ver al hombre de junto y comprobé que nada había cambiado. La mano izquierda sobre el rostro, la derecha sobre el regazo. El llanto.

—Su llanto, como siempre, me dobló en dos —continué—. Esa vez vomité —susurré, la voz cada vez más baja, cada vez más ajena—. Por la vergüenza —afirmé—. Por la vergüenza que me dio verlo ahí, sobre la calle, dibujando corazones.

El hombre de junto se descubrió el rostro. Las dos manos ahora sobre su regazo.

—Y entonces salió Jsartv y se sentó bajo el ciprés y trató de despegar el pájaro de la rama y, al no lograrlo, lo despedazó. ¿No es cierto?

Le contesté que sí. No lo dije, en efecto, pero moví la cabeza de arriba abajo, asintiendo. Un movimiento inmemorial. La mano que toma el ave y jala, una a una, las plumas de sus alas. La mano que rompe, horada, mutila. La mano que entierra, sentimental. No le pregunté cómo sabía eso pero, con sumo cuidado, cerré la ventana. Cuando ya iba rumbo al avión, me descubrí deslizando el dedo índice sobre las paredes del estrecho pasillo que nos llevaría hasta la puerta de entrada. Lo vi a lo lejos: los hombros caídos, los pasos lentos, el saco de pana. Iba delante de mí, deslizándose sobre el suelo más que caminando. Pensé que el amor nunca ha dejado de darme vergüenza. Miedo. Y pensé, con alivio, que pronto estaría en el último cuarto.

Autoetnografía con otro

I. Escena de arribo

El hombre nunca reveló su nombre. Tal vez no lo sabía o tal vez decidió esconderlo. Tal vez nunca se le ocurrió que alguien más querría enterarse. Saber.

Apareció una mañana de invierno, recostado sobre el césped congelado del patio trasero. Un leve aroma de alcohol sobre sus labios.

[El aroma fue, desde el inicio, meramente imaginario.]

Lo observé por mucho rato, estupefacta. Me había detenido frente a la ventana sin intención alguna, a la distraída, entreteniendo una taza de té caliente entre las manos. Hacía eso con frecuencia. Pensaba en el invierno, en los colores del invierno. Tenía frío. Evitaba contestar llamadas por teléfono. Era domingo.

Seguramente por eso imaginé el olor a alcohol. Seguramente por eso me fijé en el rosa pálido de los labios. Seguramente por eso me quedé inmóvil. Estatua. Los domingos de invierno se prestan a eso.

Cuando abrió los ojos, sus ojos me abrieron.

Las palabras que rodearon esa aparición fueron: grises. Cercados de pestañas. Llenos de viento. Grandes.

Todo eso eran sus ojos.

Quise salir corriendo. Quise darle la espalda. Quise ir de regreso.

[Estatua.]

El hombre levantó una mano y, con las puntas de los dedos tocándose las unas a las otras, se señaló la boca abierta. Luego, con el dedo índice de la mano derecha, se apuntó el estómago. No supe qué hacer; cómo reaccionar. Seguramente mi falta de respuesta lo obligó a unir las palmas de sus manos y a colocarlas, en gesto de ruego o de devoción, justo bajo el mentón. Su mismo centro.

El hombre sabía de la necesidad y de la súplica, no me quedó duda alguna al respecto.

II. Brevísima historia de la etnografía clásica

1. Etnografía europea-norteamericana-inicios del siglo xx-Primera Guerra Mundial. Características: el etnógrafo solitario. Objetividad. Complicidad con el colonialismo. Trabajo de campo en las periferias: África, Asia, las Américas.
2. Antropología modernista: de la posguerra hacia los años setenta. Búsqueda de "leyes" y "estructuras" de la vida social. Realismo social.
3. La antropología con conciencia política: 1970-1980. Interpretación de las culturas. Críticas radicales: feminista, política, reflexiva. *Mea culpa*: los antropólogos cuestionan su complicidad con procesos coloniales.

III. Lenguaje

—Yo —le decía, señalándome el pecho.

—Yo —repetía él, señalándome el pecho.

—No, yo soy tu tú —le contestaba yo. Presa del extrañamiento. Enfurruñada.

—Tú —concluía él, señalándose el pecho.

IV. Algo indescriptible, algo transparente

Durante las tres primeras semanas el hombre se movió con extrema lentitud por la casa. Cauteloso, como si acabara de salir de una larga convalecencia y no estuviera acostumbrado a su propio cuerpo, como si se tratara de un adolescente o como si de verdad viniera, así lo presentía o lo imaginaba, de Las Afueras, el individuo mostraba un titubeo inusual que lo hacía bambolearse sobre el piso en lugar de caminar. Hubiera sido fácil deducir que estaba ebrio si se le veía de lejos. Pasaba, también, mucho tiempo inmóvil, mirando el techo. Cuando se ponía en movimiento, siguiéndome con sus bamboleos de cuarto en cuarto, el hombre miraba insistentemente, con bastante aprehensión, detrás de las puertas, bajo los sillones de la sala, dentro de las esquinas (cuando él las miraba parecía que las esquinas tenían, efectivamente, un adentro). Parecía presentir la presencia de alguien más. Parecía desconfiar. Tal vez por eso no hablaba.

Su silencio, interrumpido a veces por súbitas enunciaciones incomprensibles, me complacía. No quería saber porque sabía que, de saber, terminaría por abrirle la puerta de la casa para que desapareciera de la misma manera en que había llegado: de noche, anónimamente, sin aviso. Además, su presencia, que asocié al frío y a la hambruna que el invierno desataba a veces en Las Afueras, no solo me resultaba cómoda sino también interesante. Aunque peligrosa, la estancia del hombre en mi casa atrajo, por primera vez, al enigma. En la ciudad, donde todo se sabía, donde nada podía ignorarse, no había nada como el enigma para atizar la conciencia, los ojos, todos los sentidos. Nada como el enigma para sentirse viva o para estar alerta. Lo observaba siempre por eso. Pronto, los días y sus horas, al menos las que pasaba en casa, se me convirtieron en una pura observación. Ya de reojo o sin pudor alguno, ya con método o por mera casualidad, lo veía hacer y deshacer, moverse, estarse quieto. Supongo que lo llamé el Extraño porque lo que hacía, a pesar de reconocerlo, me resultaba ajeno. Porque el hombre era mi Falta-de-Comprensión. Porque era, en realidad, mi Falta.

Prefería la oscuridad, eso quedó claro desde el principio. Y prefería, también, los alimentos magros. Detestaba la sal. Me bastó con registrar la delgadez de su cuerpo y la manera rápida, acaso desesperada, con que se colocaba las provisiones en la boca para saber que comer era una actividad poco frecuente en su vida; una actividad que le redituaba, en todo caso, poco placer. Su escuálido cuerpo realzaba su actitud de hombre en alerta continua. Cuando veía alguna sombra cerca de las ventanas, cuyas cortinas él mismo se había encargado de correr, aparecía un fulgor alarmado en su mirada, entonces se retiraba, con la espalda encorvada, hacia otro lugar. La actitud del animal que huye. Eso parecía: un animal que huye. Un animal que trata de evadir la llegada puntual de su castigo. Esa clase de pena. Tenía la misma reacción frente a ruidos inusuales o movimientos que aún no me conocía del todo. A ratos, me resultaba fácil imaginar que lo perseguía la violencia.

El Extraño mostró, desde el inicio, gran interés por los aparatos domésticos. Entendía a la perfección cuando le advertía que, por encontrarse contaminada, no podía tomar agua del grifo, pero podía pasar una mañana entera investigando el funcionamiento de un exprimidor de frutas o el mecanismo secreto que provocaba la expulsión del vapor en la plancha. Escuchaba música con los brazos sobre el pecho y los ojos cerrados: un recogimiento de ciertos tintes religiosos. Pronto, sin embargo, la televisión desbancó a todo ello. La televisión se convirtió en su pasión. Para ser más precisa: las imágenes de la televisión porque, tan pronto como yo me alejaba, el Extraño se apresuraba a bajar el volumen del aparato. Podía reír, gruñir, gritar, gemir por horas enteras frente a personas que, mudas, alzaban los brazos o movían los labios. En una ocasión, al subir el volumen con ayuda del control remoto, el hombre se cubrió las orejas con ambas manos y, a saltos rapidísimos, se arrinconó en el sofá. El temblor del cuerpo lo hacía gimotear sin control. Desde ahí, aovillado, con lágrimas en los ojos, hizo el gesto de la súplica otra vez. Algo indescriptible. Algo transparente.

V. LA ETNOGRAFÍA POSMODERNA

1. Crisis de representación 1986-1990: movimiento reflexivo/narrativo. Teorías de raza, clase, género. Desplaza la centralidad del concepto "cultura". Se cuestiona en qué consiste el "trabajo de campo". Poesía y política como inseparables.
2. La actualidad posmoderna: se reemplazan teorías locales por universales. Escribir etnografía es un proceso participativo y consciente. Etnografías leídas y comentadas por los "sujetos de estudio". El permiso de los participantes es esencial.
3. Autoridad y autenticidad etnográfica: identidad entre sujetos. Autoetnografía.

VI. El viento de sus ojos impávidos me despeinaba el cabello

—¿De dónde vienes? —le preguntaba de cuando en cuando, como a la distraída, pero con un filo que yo no conocía de mi propia voz—. ¿Cómo te llamas? —insistía a murmullos, apretando los dientes.

—Dime algo —le pedía después, con una súplica que imaginaba parecida a la suya. El gesto. Ese era el momento en que el viento de sus ojos impávidos me despeinaba el cabello.

Esto: La imagen de una palmera casi vencida por el aire violento del huracán. Un día gris. Un día tremendamente gris. Un día de invierno.

VII. El cine, el colonialismo y la antropología nacieron al mismo tiempo (I)

Robert Flaherty, *Nanook of the North,* 1922.

Blanco y negro. La tundra, abierta. El viento sobre ella, a través de ella. El silencio del hielo. En 1920, el antropólogo Robert Flaherty viajó hacia la tundra canadiense para estudiar la cultura de los esquimales y, al intentar registrar esa experiencia en imágenes, Flaherty propició el nacimiento oficial del cine documental. Con el tiempo se ha llegado a saber que, aunque *Nanook of the North* fue presentada como dirigida, producida y fotografiada por Flaherty, los responsables de muchas de las imágenes del documental fueron los esquimales mismos. Nanook, por otra parte, posaba.

La etnografía taxidérmica expresa el deseo de algunos estudiosos por hacer que parezca vivo lo que está muerto.

El cine y el colonialismo y la antropología nacieron al mismo tiempo.

VIII. Cita textual en dos idiomas
[traducción de la autora]

Escribir etnografía le ofrece al autor la oportunidad de reencontrarse con el otro de manera "segura", así como de hallar significado en el caos de la experiencia vivida a través de la reordenación del pasado. Es una especie de odisea proustiana en la cual el etnógrafo trata de encontrar significado en eventos cuya importancia era más bien elusiva en el momento en que se estaban viviendo.

Dorinne Kondo, "Disolución y reconstitución del Yo. Implicaciones para una epistemología antropológica".

Writing ethnography offers the author the opportunity to reencounter the other "safely", to find meaning in the chaos of lived experience through retrospectively ordering the past. It is a kind of proustian quest in which the ethnographer seeks meaning in events whose significance was elusive while they were being lived.

Dorinne Kondo, "Dissolution and Reconstitution of Self. Implications for Anthropological Epistemology".

IX. El día n.° 11 el hombre se cortó las uñas

Había tomado un baño en el quinto día de su estancia, pero se había negado a usar el cortaúñas, huyendo de él tan pronto como yo lo blandía frente a su rostro. Solo aceptó utilizar el instrumento hasta que, después de recorrer por enésima vez todos los cuartos del departamento, se convenció de que no había ni habría nadie más en los alrededores. Le tomó una tarde entera cortarse las uñas de las manos. Una más, cortarse todas las de los pies. Al terminar, corrió feliz hacia mí y, con los mansos gestos de un animal doméstico, posó su mano sobre mi cabello.

X. El día n.º 24 el hombre sonrió

Lo de antes había sido una casualidad del rostro, una descompostura de los labios, un tic. Pero el día n.º 24, mientras le pintaba la boca y le ponía máscara negra sobre las pestañas, el hombre sonrió. Un miércoles por la tarde. Un día de frío inusual. Todo esto frente a un espejo.

XI. El día n.º 38 el hombre conoció el dinero

La primera vez que tocó una moneda lo hizo con suavidad. Junto a su piel, vuelta casi blanca, casi transparente, debido a la falta de luz, la moneda brillaba como si fuera oro. Oro puro. Pesaba mucho. Daba la apariencia de pesar mucho.

Y se colocó la moneda sobre los labios, sobre el pecho. Sobre el sexo. Entonces volvió a reír. Y rio otra vez.

XII. El día n.º 38 el hombre tocó el otro cuerpo

Se me había olvidado el placer. Este tipo de placer. Lo que pasa cuando los dedos de otras manos —dedos que no sé qué están sintiendo— se posan —con su propia temperatura, su propio exilio, sus propias terminales nerviosas— sobre la piel. Dentro.

Barbara Myerhoff, *Number Our Days,* 1978; *In Her Own Time,* 1986: Antropología de lo que está alrededor, dentro del contexto mismo de la antropóloga.

Se me había olvidado todo esto:
1. El peso de otro cuerpo sobre el cuerpo propio —la inmovilidad que esto produce, el principio de asfixia, la claustrofobia. El impulso de correr.
2. La univocidad de la penetración —la manera en que el pene erecto, súbitamente sólido, aparentemente indestructible, abre lo que tiene que ser abierto. El impulso de correr.
3. La respiración. El impulso.
4. Las resonancias más personales del sonido. Más allá del lenguaje. Más allá de la palabra. El ruido del interior. El (im)pulso.
5. El sabor. El pulso.
6. El pulso. La agitación.

Marlon Riggs, *Tongues Untied,* 1989. Antropología y cine del propio cuerpo.

XIII. Lenguaje bis

—Tú —pronunció hacia la mitad del invierno.

—Tú —dijo, señalándose el esternón. Luego se colocó tras de mí y empezó a arrancarme las ropas. Sus gemidos en la parte posterior del cuello. Sus mordidas sobre los hombros. Su saliva sobre las vértebras de la espalda. Su placer.

—Tú —susurró—. Tú.

La respiración.

Todavía era el día n.° 38.

Margaret Mead, *Bathing Babies in Three Cultures,* 1952.

Blanco y negro. Producida, dirigida y narrada por Margareth Mead, este temprano ejemplo del cine etnográfico muestra todo lo que la antropóloga vio y todo lo que ella interpretó acerca de las maneras en que tres mujeres de lugares con culturas distintas —un poblado de Balí; iatmul de Sepik en Nueva Guinea, y los Estados Unidos en 1950— bañan a sus bebés. Una visión comparativa.

La etnografía taxidérmica expresa el deseo de algunos estudiosos por hacer que parezca vivo lo que está muerto. El cine y el colonialismo y la antropología nacieron al mismo tiempo.

XV. Antropología y contexto

—No me digas que tienes a uno en tu casa —dijo mientras pelaba una naranja y, más que mirarme, me auscultaba con los ojos redondos y negros y llenos de pesar o de nada. Había alarma en su voz, ciertamente, pero también curiosidad, travesura, perversión. Ganas de saber y ganas de vigilar.

Pude haber dicho: Y si tuviera a uno en mi casa, ¿qué?

Pude haber dicho: Y a ti qué te importa.

Pude haber dicho: ¿A poco a ti no te gustaría tener uno?

Pude haber soltado una carcajada.

Pero dije:

—¡Cómo crees! —de esa manera veloz, inmediata, que se utiliza en nuestra cultura para tratar de encubrir la culpa que produce la mentira, sin lograrlo del todo y, de hecho, consiguiendo solo el objetivo contrario, es decir, reproducir la culpa y la mentira y la inmediatez con que se unen ambas. Lo dije, de cualquier modo, tan convincentemente que a punto estuve de creerlo yo misma mientras ella seguía pelando la naranja con suma lentitud, de una forma casi ritual, produciendo una larga tira de, más o menos, un centímetro de ancho que, conforme la naranja dejaba al descubierto sus apretados gajos, caía hacia el suelo como caen las cosas sólidas, siempre en la gravedad. Una sola tira. Una tira que llenaba la habitación de ese aroma punzante, ligero, adolescente casi. Las naranjas. Ah, las naranjas en invierno, su única compensación.

—Las muchachas han empezado a decir cosas —hizo una pausa y, buscando la mirada que yo mantenía sobre el fruto, continuó—: ya sabes.

—¿Qué cosas? —pregunté sin en realidad querer hacerlo y, por lo mismo, porque había sido una reacción automática, ella me miró como si estuviera justo frente a Ishi o a Nanook o a la madre balinesa que baña a su bebé. Me miró, quiero decir, con ese tipo de condescendencia, con esa clase de suspicaz distancia.

—¿Cómo que qué cosas? —exclamó, exasperada. Luego, casi de inmediato también, se calmó—. Sería horrible, lo sabes, ¿verdad? Sería simplemente espantoso.

Entonces abrió la naranja y, con un diestro movimiento de sus dedos, arrancó el primer gajo. Una gota de almíbar, una gota de algo que parecía ser, desde la lejanía, dulcísimo, escurrió por el dorso de su mano. Sobre su piel.

—Sí —alcancé a susurrar—. Lo sé.

En algún lado, una palmera. El viento a través. Alrededor. El viento.

Cuando terminó de pelar la naranja me ofreció uno de sus gajos e, imperturbable ante mi rechazo, como si ni siquiera lo hubiera notado, lo colocó entre sus dientes tan blancos. El proceso de la trituración.

XVI. James Clifford, *et al.*, *Escribir cultura*, 1986

Los ensayos sugieren que la antropología es una forma de escribir, de narrar, de hacer literatura, sobre la representación del otro.

El trabajo de campo y el texto que surge de este encuentro es una negociación, a través de la cual se llega a un acuerdo sobre "el poder textual" y cómo se va a compartir entre el antropólogo y el sujeto de estudio.

Plantean que la antropología feminista no ha contribuido en nada a la etnografía experimental y literaria.

El argumento de Mary Louise Pratt: toda etnografía forma parte de un sistema retórico. En las etnografías, por ejemplo, existe la convención de "la escena de arribo" —el momento clave de la llegada del antropólogo al lugar exótico.

XVII. Analfabetismo

Se acercaba a mi escritorio y, asomando su cabeza por encima de mi hombro, intentaba espiar lo que escribía sobre los renglones negros de la hoja de mi libreta. Mi conducta era, en ese entonces, inusual: en lugar de cerrarla, le sonreía y la acercaba aún más a su rostro. Mientras hacía eso —abrir la libreta de par en par, mostrarla— me preguntaba si lo habría hecho, si me habría atrevido a hacerlo, en caso de que él hubiera sabido leer. Me preguntaba si su intromisión me habría provocado tanto gusto, tanta risa. Así me di cuenta de que confiaba en su ignorancia tanto como en la mía. Su ignorancia me impedía sentir temor o montar resistencia. Su ignorancia era la mitad de nuestra salvación. La otra mitad era la ignorancia mía.

XVIII. La vigilancia

La Mujer de la Naranja tocó a mi puerta un miércoles por la tarde. Acababa de llegar del claustro donde realizaba mis estudios antropológicos y traía, debido a eso, la vista cansada y el humor maltrecho. Había tomado ya un vaso de agua y me había quitado el abrigo y los zapatos. Había estirado el cuello. Cuando escuché los golpecitos sobre la puerta tuve la intención de correr para ponerlo sobre aviso. Así lo hice. Recorrí toda la casa hasta dar con él. Él me miró con el viento ese que me movía los cabellos antes de salir a toda prisa, pero encorvado, hacia el clóset de mi recámara. Un animal que huye. Un animal que espera el castigo.

—Te extrañará mi visita —afirmó ella apenas abrí la puerta.

—Así es —le contesté de inmediato, sin invitarla a pasar, visiblemente alarmada—. ¿Sucede algo?

Pensé que me contestaría. Pensé que inventaría algo para justificar su presencia. Pensé que, al menos, pediría permiso para introducirse en mi espacio. Pero la mujer entró y recorrió la sala con una libertad que yo no le había otorgado.

—Como no te dejas ver mucho a últimas fechas, pensé que sería una buena idea visitarte —murmuró entre dientes mientras se quitaba los guantes y se desenrollaba la bufanda—. Pensé que acaso necesitaras hablar con alguien de confianza.

Su aparición me dejó sin movimiento a un lado de la puerta semiabierta, con la mano alrededor de la perilla. Desde ahí observé su ir y venir por la sala, la escandalosa manera en que husmeaba los rincones, los ángulos, las ventanas.

—Estoy cansada —le dije, porque no encontré otra cosa que mencionar. Porque era verdad, además.

La mujer se sentó a mi lado y colocó una mano sobre mi rodilla.

XIX. El cine, el colonialismo y la antropología nacieron al mismo tiempo (III)

Ishi, the Last Yahi, 1967.

En agosto de 1911, Ishi, el último sobreviviente de los yahi, dejó atrás las lomas cerca de Monte Lassen, el área donde su tribu se había escondido por unos cuarenta años aproximadamente. De 1911 a 1916, año en que murió de tuberculosis, Ishi vivió en el Museo de Antropología de la Universidad de California en San Francisco, compartiendo información de su cultura y su lenguaje con los antropólogos Alfred Kroeber y Theodore T. Waterman, así como con el cirujano Saxton T. Pope. Durante esos años, Ishi participó en las grabaciones de mitos yahi, canciones y narrativas históricas, las cuales forman parte de esta película etnográfica en blanco y negro.

La etnografía taxidérmica expresa el deseo de algunos estudiosos por hacer que parezca vivo lo que está muerto. El cine y el colonialismo y la antropología nacieron al mismo tiempo.

XX. El fin del mundo privado

Era domingo cuando lo llevé conmigo al cine. Tenía ganas de divertirme, es cierto, pero también quería ver su reacción. Me intrigaba su relación con la imagen, su resistencia al sonido, su posición como espectador. Además, necesitaba aire. Quería verlo en otros contextos. Quería volverlo real. La sala del cine ofrecía la protección de la oscuridad, la posibilidad casi segura del anonimato. Si en algún lado el Extraño y yo íbamos a pasar desapercibidos sería únicamente en el cine. Ese gran teatro.

Lo maquillé como lo había hecho algunas veces antes, en privado, frente al espejo del baño. ¿Cuántas veces habíamos casi muerto de risa mientras jugábamos el juego del lenguaje? ¿Cuántas veces nos habíamos enfurruñado debido a las equivocaciones de los señalamientos del Yo y el Tú? ¿Cuántas veces habíamos guardado silencio, impávidos frente a nuestros propios reflejos, nuestras probabilidades? Cuando, al final del ritual, le coloqué el brillo sobre los labios sentí una melancolía casi biológica: todo eso se terminaba. Lo sabía. Lo sabía yo y lo sabía mi cuerpo. Todo nuestro mundo privado llegaba a su fin. Y aun así, aun sabiéndolo, aun padeciéndolo de antemano, continué con el proceso. Ahora, afuera, los dos nos volveríamos públicos para los otros, ciertamente, pero sobre todo para nosotros mismos. La melancolía, el luto que empezaba a guardar por nuestra privacidad fenecida, sin embargo, no me quitaba la curiosidad. Quería verlo afuera de mí. Quería conocer esa distancia.

Y así fue. Lo vi. Iba a mi lado pero no cerca de mí. Iba a mi lado, pero dentro de él mismo, amarrado a su visión de la ciudad, a su propio asombro. Desatado en realidad. Miraba con avidez, como si lo tocara todo con los ojos. Como si todo lo tocado produjera placer. Chocaba con los otros transeúntes, los miraba y, justo como un salvaje, justo como un caníbal, los consumía en el momento mismo de la súbita contemplación. Un gajo de naranja entre los dientes blanquísimos. Una gota de almíbar sobre la piel. Caminaba aprisa, respiraba a borbotones, sonreía con facilidad. La emoción lo embargaba. La emoción lo destruía. Ya en el cine, se le dificultó guardar silencio, estarse quieto. Cuando se levantó la cortina y apareció la primera imagen su inmovilidad fue, sin embargo, total. Una parálisis casi religiosa lo mantuvo clavado en su asiento hasta que pasaron los créditos.

—Yo —susurró él al final, con el rostro impávido, señalándose el pecho.

—Tú —alcancé a balbucear antes de que se encendieran las luces.

Tenía la cara de una mujer triste. Ese rictus.

XXI. Mujer traducida: el libro procesual

Leí *Translated Woman. Crossing the Border with Esperanza's Story* muchos años atrás y en estado de puro fervor. Me preparaba entonces para los exámenes de mis estudios antropológicos y, consecuentemente, revisaba, más por obligación que por placer, al menos tres libros a la semana sobre el tema que me ocupaba: la alteridad. Las múltiples formas de escribirla. Padecerla. Salvarla. Leía, por supuesto, todo lo que se hubiera publicado sobre este tema, pero también revisaba las publicaciones de otras disciplinas científicas e, incluso, cualquier otra cosa que las combinara a todas o que se atravesara por mi camino. Así llegó a mi casa Esperanza, el sujeto, esa marchanta de una ciudad anodina y, con ella, Ruth Behar, la autoetnógrafa. El otro sujeto. Un libro del siglo pasado. Un libro como una eternidad. Algo humano. Eran como las nueve de la noche cuando tomé el libro y algo así como las tres de la mañana cuando, en estado de perplejidad y gusto y total incredulidad, encendí la computadora que utilizaba entonces, y me dispuse a escribir una carta emocionada, tartamuda, gustosa, celebratoria, larguísima, para una autora que, un siglo antes, había tenido a bien conversar con otra mujer y registrar, de manera por demás compleja, la información y los huecos de información de sus pláticas. Nunca, por supuesto, envié la misiva, pero recuerdo haber visto ese amanecer con otros ojos. Ruth y Esperanza me enseñaron en esas cuantas horas nocturnas que la investigación no tenía que ser ni rígida ni solemne ni aburrida. Me dijeron, sin la jerga de los tiempos que vuelve incomprensible a casi cualquier cosa, que los libros o son dialógicos o no son o son otra cosa. Me gritaron en todos los tonos posibles que el *yo* (ese *yo* tan vilipendiado por los expertos, aunque no solo por ellos, más puros y convencionales) tenía su lugar, un lugar riguroso y no sentimental, un lugar cognoscente y cognitivo, en páginas destinadas a investigar el presente y el pasado de un contexto. Con capítulos que partían de la historia misma de Esperanza (dividida en secciones dedicadas al coraje y a la redención) y luego conducían hasta la antropóloga reflexiva que supo, y quiso, dar la cara, las dos me mostraron lo que es un libro procesual. Esperanza y Ruth pusieron de manifiesto lo que la inteligencia abierta-al-otro puede hacer: abrir ventanas.

Y herir.

XXII. Hambrientas, vengativas, eficaces

Sabía, por supuesto, que era una posibilidad. La ciudad no era muy grande y, en los fines de semana del invierno, era casi natural o casi mandatario ir al cine. Pudimos haber ido al lago, supongo. O esperar hasta la función de la medianoche. O no ir a ningún lado, permanecer juntos, dentro de la casa, día tras día, noche tras noche, para siempre. Había escuchado que algunas mujeres muy testarudas o convencidas habían logrado, en ciertas ocasiones y en lugares no muy lejanos a la ciudad donde vivía, hacer algo así: vivir encerradas pero con otro por muchos años, toda una vida incluso. Si no lo hice así fue porque quería que me descubrieran, esto también lo supongo. No tengo alternativa. Con toda seguridad quería que me vieran. Cuando, a poco rato de haber regresado a casa, recibí la llamada de la Mujer de la Naranja, no me sorprendí. Tampoco le temí.

—Te vimos hoy —dijo. Luego, como yo no contestara nada, añadió—: Nos estuviste mintiendo.

En ese mismo instante veía al Extraño que, postrado cerca de mi ventana, inmóvil como antes frente a la pantalla, observaba el mundo. El mundo, afuera, estaba cubierto por una ligerísima capa de hielo.

—Sí —acepté en voz muy baja.

—Pero cómo pudiste… —balbuceó la otra. Luego, ante mi silencio, colgó.

Fui hacia él y lo abracé. Así estuvimos por mucho rato, observando el mundo, abrazados. Y así nos encontraron ellas cuando, a patadas, derribaron la puerta del apartamento.

Su alharaca no nos separó. Al contrario. Su llegada nos obligó a abrazarnos más fuerte, con más temor. Yo me acurruqué dentro de su pecho. Él, a ratos, hizo lo mismo.

Finalmente una de ellas lo dijo:

—Debiste haber informado de este hallazgo, ¿lo sabías?

Asentí con la cabeza sin dar la cara. El hombre olía a miedo, a brillo de labios, a pestañas postizas.

—El castigo —dijo otra—. ¿Sabes cuál es el castigo por lo que has hecho?

Volví a asentir, esta vez viéndolas de frente.

—Sí. Lo sé —repetí. Pensé en la palmera que, en algún lado del mundo, se combaba bajo el poderoso viento del huracán. Un día gris. Un día frío. Luego vi sus ojos y el viento, ese viento, despeinó mis cabellos.

—Y aun así… —su estupor era tanto que no pudo terminar la oración.

—Aun así —dije, tratando de quitarme los cabellos de los ojos, mintiendo. No lo sabía en realidad. Nunca había querido saberlo. Había escuchado, porque eso era irremediable, todos los rumores al respecto, pero siempre me negué a saber. A saber eso. Cuando las progenitoras contaban, como era su costumbre, esas historias macabras, pensaba que era mejor no saber. Pensaba que, de saberlo, nunca lograría tener la valentía necesaria o el arrojo suficiente. Pensaba que, si no sabía, entonces, llegado el caso, me atrevería. Desde entonces estuve del lado de la ignorancia y la defendí llamándola "el enigma". Pero ahora la ignorancia me fustigaba y la verdad, la verdad que me negué a aceptar desde el principio, se reía de mí. Se vengaba.

Lo demás aconteció demasiado rápido. Una de ellas empezó a tomar fotografías del Extraño, de los dos juntos, abrazados, mientras las otras buscaban pruebas de su estancia en mi casa. Ropa. Videos. Notas. Mensajes. Cualquier cosa. Parecían criminales, aunque en realidad parecían una horda de salvajes. Hambrientas, vengativas, eficaces. Las mujeres se movían por el reducido estrecho del departamento y, con su hacer presuroso, lo reducían aún más. Pronto no quedó nada intacto. Pronto, lo codificaron todo. Lo primero que guardaron en una gran bolsa de lona fueron los apuntes que escribía en la libreta de los renglones negros.

—¿Adónde lo llevarán? —pregunté cuando, esposado y con el gesto aquel, indescriptible y transparente a la vez, el Extraño era conducido rumbo a la puerta.

—Adonde los llevamos a todos —dijo la Mujer de la Naranja haciéndome un guiño. Iba a preguntar qué lugar era ese, pero en el último momento supe que hacer esa pregunta sería incluso más incriminatorio que haberle abierto las puertas de mi casa. Supe que, en lugar de hacer ese gesto transparente e indescriptible que tan bien le conocía, el gesto que había sido, de hecho, la llave con la que entró en mi casa, lo dejaría ir. Supe que, de haber sabido que las cosas eran así, que esto pasaba siempre, nunca habría tenido el arrojo y la torpeza de abrir la puerta.

—¿Y tiene que ser así? —dije, ensayando un último recurso. Implorando en realidad.

—Tú sabes que sí.

Cuando terminó el operativo me preparé un té y, con él entre las manos, me aproximé a la ventana. Estuve ahí largo rato. Si no hubiera quedado traza alguna de la silueta de su cuerpo sobre el pasto helado, me habría convencido de que el Extraño había sido un hecho imaginario. Pero ahí estaba, junto al nogal ahora desnudo, a un lado del camino de piedras que, ondulante, aproximaba a los visitantes hasta mi puerta. Ahí estaba: era una ligera imperfección en la consistencia del pasto. Algo que solo un buen observador habría detectado.

XXIII. El castigo

Solo supe que sabía leer mucho tiempo después, cuando la normalidad volvió a instalarse en mi casa. Cuando volví a caminar largas distancias enmudecidas. Cuando regresé al jardín trasero a preparar la tierra para las hortalizas del verano. Fue entonces que, limpiando el sofá donde alguna vez se había acurrucado, paralizado por el puro terror ante el sonido, descubrí la hoja de papel. Le había pertenecido, sin duda, a mi libreta de los renglones negros.

Decía: El castigo es esto: esto.

La letra irregular del alfabeto reciente o del que huye. Un animal de Las Afueras. Un caníbal.

Todo siguió su ritmo después. Después de mi lectura. Volví a trabajar con ahínco, con disciplina, con gusto incluso. Volví a reunirme con las muchachas que decían cosas-ya-sabes-qué-cosas en lugares semioscuros donde desgajábamos naranjas y fumábamos cigarrillos azules. Esperaba el verano como ellas; los pocos días del verano. Algo. Volví a usar la misma taza de té. De vez en cuando leía la carta que, a escondidas de mí, había escrito el hombre en alguno de los pocos momentos en que yo no lo veía. Decía solo una cosa. Decía: El castigo es esto: esto.

Tautológico.

XXIV. Retro-traducción

Beacon Press reeditó *Translated Woman* años después, algo más bien raro en textos "académicos", y el libro, según cuenta una de sus autoras, no solo encontró su camino fuera de las universidades y hacia lugares tan impensables como las celdas de ciertas cárceles anónimas, sino que también se adaptó al teatro. El libro, después, hizo el viaje de regreso del inglés, al que fue traducido, hacia el español, la lengua "original". Se trató, sin duda alguna, de una retro-traducción —el regreso a un origen que era, desde el inicio, el falso inicio. El regreso como la trayectoria de lo que, finalmente, se va, disfrazándose. Un significado con alas.

Ishi, a veces, ve por la ventana. Así.
    [Película etnográfica en blanco y negro.]

La etnografía taxidérmica expresa el deseo de algunos estudiosos por hacer que parezca vivo lo que está muerto. El cine y el colonialismo y la antropología nacieron al mismo tiempo.

La Ciudad de los Hombres

Llegó a la Ciudad de los Hombres una tarde de jueves, en pleno invierno.

Contrario a los pasajeros que sonrieron apenas aterrizó el avión, ella expulsó un suspiro de cansancio. Cerró los ojos. Recargó la cabeza sobre la almohadilla y pegó los hombros al respaldo de su asiento. Antes de incorporarse le dio una última revisada a las notas que había escrito durante el vuelo: garabatos apenas que delineaban un plan de trabajo para siete días. Aunque había pedido varias veces que enviaran a otro en su lugar, su jefe de redacción había logrado convencerla de hacer maletas, encargar a su gato y llevar a cabo la somera investigación del caso. Un reportaje de la Ciudad de los Hombres desde el punto de vista de una mujer tendría, le había dicho el periodista, un éxito asegurado. Ella, en todo caso, no podía arriesgarse a perder su empleo. Tenía deudas y también aspiraciones, y ambas cosas la habían obligado a sonreír sin demasiada ironía cuando le entregaron los boletos en la mano.

—Te esperamos de regreso —dijo su jefe cuando ella se preparaba para cruzar la puerta de la oficina, con la mano alrededor de la perilla.

—Por supuesto —contestó, volviéndose a verlo con curiosidad. El hombre, para entonces, ya tenía el rostro sobre la pantalla de la computadora.

Mostró sus documentos oficiales al pasar por las oficinas de migración y, después, a paso lento, fue por su maleta. Mientras la esperaba recordó la mueca en la cara del oficial.

La había mirado de arriba abajo al preguntarle por el motivo de su viaje. Ella respondió con la verdad: trabajo. El oficial guardó silencio, la miró ahora de abajo hacia arriba, y firmó los papeles parsimoniosamente, sin ocultar la mueca que acercaba la comisura izquierda de su boca hacia su pómulo.

—Soy periodista —añadió, sin esperar a que él formulara la pregunta.

—Sí, claro —murmuró el oficial con la boca en horizontal una vez más.

Ya con la maleta en mano, se dirigió hacia la última puerta: el umbral que la depositaría, finalmente, en un lugar al que nunca había querido ir. Estuvo a punto de detenerse a observarlo todo antes de dar su primer paso dentro pero, en el último instante, decidió continuar como si así lo hubiera hecho muchas veces antes. Iba distraída y a disgusto, en efecto. Iba en contra de su voluntad. Eso lo debió haber notado el hombre que, veloz, pasó a su lado, tratando de arrebatarle la bolsa de su hombro izquierdo. Eso también lo percibió con toda seguridad el otro hombre que, corriendo en sentido contrario, intentó llevarse su maleta. El viento entre los dos. El rostro cuando desaparece. El aroma de lo furtivo. Cuando apareció el tercer hombre, quien repitió su nombre varias veces y la tomó por los hombros al notar su falta de reacción, ella no pudo hacer otra cosa más que echarse a llorar. Le tomó un par de minutos darse cuenta de que lloraba sobre el pecho de un hombre desconocido y, apenas unos segundos más, retirarse, apenada.

—Lo siento —murmuró, aceptando el pañuelo que le ofrecía, bajando los ojos.

—Estos pueden ser unos salvajes a veces —dijo él, sonriendo.

La periodista describiría esa sonrisa después, en uno de sus primeros artículos sobre la ciudad. Diría: "Era más una mueca que una sonrisa, el tipo de gesto con el que los poderosos a menudo se congracian con los débiles. Simultáneamente, y he ahí el poder subyugante de tal mohín, su ambigüedad y su amenaza conjunta, era una sonrisa *natural*. No había nada en ella que indicara dolo o astucia, un plan predeterminado. La sonrisa se extendía por el rostro cándidamente incluso, mostrando una hilera de dientes muy blancos".

El Hombre de la Sonrisa tomó su maleta y, sin preguntarle, con mucha amabilidad, la guio hasta la puerta de salida del aeropuerto. La periodista exhaló un suspiro. Ahí estaba finalmente: la Ciudad de los Hombres. El cielo, nublado. Los altos edificios. Las calles amplias. Las hileras de autos. Los espectaculares. Las luces del alumbrado público. Los charcos en las banquetas. Los semáforos. Las gotas de agua sobre los parabrisas. Los rostros desdibujados detrás de todo eso.

Esa noche la periodista soñó que levitaba. Iba caminando por una calle muy estrecha, bordeada de álamos, cuando, de súbito, sus pies se despegaron del asfalto. No tenía deseos de volar. No sabía, de hecho, que podía hacerlo. Su cuerpo, sin embargo, parecía habituado a deslizarse, en posición vertical, a ras del suelo. La sensación de ligereza que, al inicio solo era motivo de exaltación, pronto se convirtió en suspicacia y, luego, casi de inmediato, en terror. No sabía cuándo iba a detenerse. No sabía si, de desearlo, podría hacerlo. Fue la profunda melancolía que le produjo este desconocimiento lo que la obligó a abrir los ojos.

—Debería salir a buscarla —se dijo a sí misma en voz alta y, luego, como si no hubiera salido de su sueño, se dio la vuelta sobre la cama y volvió a dormir.

Eran más de las nueve de la mañana cuando despertó. La luz de un sol anémico se trasminaba a través de las delgadas cortinas. Estiró los brazos. Bostezó. Antes de levantarse consultó su agenda para el día: su día de trabajo no empezaba sino hasta por la tarde. Pidió el desayuno en su cuarto y abrió la llave de la regadera. El agua le dio, sin saber a ciencia cierta por qué, una intensa sensación de felicidad. Para cuando llegó el servicio, ella ya estaba vestida y arreglada. Hojeaba, además, un libro de un poeta del lugar. Tenía unos deseos inmensos de tomar café.

—¿Y nos visita por mucho tiempo? —le preguntó el muchacho mientras elevaba la jarra y, con suma destreza, servía la primera taza. Ella le sonrió, confiada.

—Poco en realidad —dijo—. Unos siete días.

Él le acercó la taza y entornó los ojos.

—Eso mismo dijeron las otras —susurró. Luego le ofreció azúcar. Después se dispuso a servir el jugo de naranja. Algo en su espalda temblaba.

—¿Las otras? —preguntó, sin despegar las manos de las páginas del libro del poeta local.

—Las otras periodistas, por supuesto —dijo él—. Las que vinieron antes que usted.

Lo observó sin recato alguno. Vio sus hombros y su nuca. Pasó la mirada por la curvatura de las nalgas, los muslos, los zapatos. Regresó al cabello. No debía tener más de veintiún años.

—¿Y cuánto tiempo se quedaron las otras? —no pudo ocultar el estremecimiento de la voz, la ansiedad con la que esperaba su respuesta.

—Eso no lo sé —aseguró, dándole la cara, ofreciéndole, esta vez, un vaso rebosante de jugo de naranja—. Pero fue más tiempo del que pensaban.

La periodista bebió el jugo sin dejar de verlo. Días más tarde, en uno de sus primeros reportajes sobre aquel sitio, escribiría: "El hombre parecía joven y, sin embargo, actuaba sin la espontaneidad que es fácil asociar a esa edad. Al contrario, aunque daba la impresión de haberse presentado ahí para servir el desayuno, en realidad su misión era otra muy diferente: consistía en hacerme saber que no me resultaría fácil salir de la Ciudad de los Hombres. Lo que ese muchacho me estaba diciendo era que las puertas de entrada no iban a ser necesariamente las puertas de salida. Cuando entendí la amenaza, él partió. Yo le dejé una propina descomunal".

—¿Y cuántas periodistas eran? —le preguntó antes de que cerrara la puerta.

Él volvió a sonreír. Daba la apariencia de haber triunfado.

—Eran solo dos —mencionó—. Tal vez tres.

Abrió su computadora y comprobó que no había línea. Marcó el número de su periódico un par de veces pero en ambas ocasiones la comunicación, una vez iniciada, se cortó. Como no tenía entrevistas sino hasta después de las cuatro, salió de su habitación y buscó la manera de llegar a la Hemeroteca Central. No se le ocurrió mejor lugar para investigar quiénes habían sido las dos o tres periodistas que se quedaron más tiempo del que tenían planeado en un lugar semejante. Se preguntó muchas veces, mientras cruzaba las calles con las manos dentro de los bolsillos de su abrigo, si las mujeres habían llegado a escribir sus artículos. Si los habían publicado. No recordaba, en efecto, que periodista alguna hubiera sido enviada a la Ciudad de los Hombres ni mucho menos que hubiera extendido su visita lo suficiente como para que un empleado de un hotel lo notara. Su jefe, el mismo que le había asegurado que un reportaje de la ciudad desde el punto de vista de una mujer tendría un gran éxito, no le había comentado nada al respecto. Por un momento, justo cuando observó su silueta sobre las grandes puertas de cristal de la institución, se rio de sí misma. Pensó que era tanta su animadversión hacia esa ciudad que el comentario de un muchachito cualquiera la había hecho albergar sospechas infundadas. Un hombre viejo, de abundante cabellera blanca, la dirigió hacia la sala donde se encontraban los periódicos foráneos de su colección. No eran muchos, de eso se dio cuenta de inmediato, pero sí se encontraba el suyo. Hojeó algunos números recientes mientras llegaban los ejemplares del pasado: había pedido los correspondientes a dos años atrás, justo antes de que a ella la contrataran para la sección internacional. Apenas unos minutos después, el hombre de la cabellera blanca llevó personalmente los ejemplares encuadernados a su mesa. Leyó los nombres del comité editorial de la época: ningún integrante que no conociera ahí. Cuando empezó a hojearlos se dio cuenta de su desatino. Sintió vergüenza. Por no dejar, siguió con su actividad un par de minutos más. Luego, sin decir palabra, se alejó de la mesa. Concluyó que el muchacho del hotel le había jugado una broma y volvió a cruzar las calles que la separaban del hotel. El cielo, gris. Los edificios de cristal. Los grandes espectaculares. Todo eso la conminó a caminar aprisa y a mirar la punta de sus zapatos.

Meses después, en los reportajes que llegaron, sin firma, a las oficinas de su periódico, se encontraría la descripción de lo que sucedió al abrir la puerta de su cuarto: "El sobre, blanco y rectangular, contrastaba con el color oscuro de la alfombra. Era imposible no verlo. Lo recogí: ningún nombre. Lo abrí. La nota era breve e iba escrita con una letra pequeña e irregular. *Aléjese. Váyase de este lugar. Pronto ya no tendrá manera de escapar.* Me asomé al pasillo, pero no había nadie ahí. Entré al cuarto y, por instinto, fui hacia la ventana. Muchos hombres cruzaban la calle y ninguno volvía su rostro hacia la torre del hotel. Me senté sobre el taburete, meditabunda. Cuando alcé los ojos me asustó la imagen que vislumbré en el espejo: mi rostro había cambiado. Tenía miedo. Minutos después sonó el teléfono: era el Hombre de la Sonrisa que me esperaba en el *lobby* para llevarme a las entrevistas de la tarde: un profesor universitario, un político, un boxeador. Tardé en reaccionar. Cuando iba en el elevador me percaté de que había olvidado la grabadora, así que regresé por ella. Algo había cambiado también ahí dentro. Todo parecía estar en su lugar pero, de alguna manera, nada lo estaba. Un aroma. Había un aroma ahí, en el cuarto del hotel, que no había estado cuando lo dejé minutos atrás. El sonido del teléfono me alertó. '¿Pasa algo?', me preguntó el Hombre de la Sonrisa. Le dije que estaría abajo en dos segundos".

Nada de lo que escuchó en las entrevistas la sorprendió. A pesar de las diferencias de educación y de clase, tanto el Profesor Universitario como el Diputado y el Boxeador estuvieron de acuerdo en que sus vidas en la Ciudad de los Hombres eran buenas, sanas, exitosas. Sus traslados, desde distintas partes del mundo, habían sido, de acuerdo con los tres, para bien. Crisis de valores, todas ellas ligeras, habían precedido sus respectivas decisiones. La periodista no pudo evitar notar la similitud de las historias y la similitud de las sonrisas con que acompañaban sus gestos de otra manera austeros y mesurados. El Profesor Universitario le entregó su tarjeta al despedirse. La invitó a presenciar una de sus clases y, luego, como si se le acabara de ocurrir, dio a entender que le gustaría comer con ella al día siguiente. La periodista declinó la invitación, pero tomó la tarjeta. Luego, como si tuviera muchas cosas más por hacer, le pidió a su acompañante que la llevara a un lugar donde hubiera computadoras en línea.

—Debe haber en el hotel —contestó, algo extrañado—. Son para el uso exclusivo de los extranjeros.

—¿Y el teléfono? Ayer no pude contactar con mis oficinas —siguió ella, tratando de no mostrar su creciente preocupación.

El Hombre Sonriente colocó las yemas de sus dedos en su codo derecho y, con gran delicadeza, la guio hacia la salida de la universidad.

—El servicio puede ser pésimo a veces —dijo, por toda explicación—. No todo está resuelto en nuestra ciudad, como se puede imaginar.

En la noche la esperaba una cena larga, acompañada de algunos artistas. Se puso algo sobrio, de color negro, y bajó al comedor. Sus anfitriones estaban ahí y los diez o doce creadores ya hablaban animadamente entre ellos. En el salón no se comentaba acerca de *la ciudad,* sino del *proyecto.* La amplitud de sus calles. Las líneas verticales de sus edificios. La combinación entre el incesante mundo del comercio y la búsqueda de caminos espirituales más profundos, más serenos. Más accesible para todos. Su literatura. Su poesía. El alcance singular de su experimentación teatral. La cena transcurría bajo el tipo de convenciones que a la periodista le resultaban familiares y cansinas. El brindis estuvo a cargo del poeta que había leído por la mañana, de eso se dio cuenta al reconocer el rostro de la contraportada y, justo como las páginas que la habían dejado impávida, sus palabras de encomio y bienvenida le resultaron vacías. Por lo demás, disfrutó los alimentos, desde la sopa que despedía un aroma a salvia hasta el pato que sabía a miel. También disfrutó de las copas de vino que una mano enguantada llenaba una y otra vez. Estaban por servir el postre cuando lo notó: las voces, los aromas, los movimientos. Había algo en todo eso que, desde su posición en la cabecera de la mesa, le resultó enigmático y atrayente a un mismo tiempo. Los hombres departían, ahora, con ligereza. Ya sin las voces engoladas del inicio, sin la rigidez con que le habían dado la bienvenida y apretado su mano, daban la impresión de haberse relajado y, al mismo tiempo, de haber perdido años. Todos ellos, de eso se dio cuenta cuando bebió el primer trago de vino del postre, habían retrocedido a la edad infantil. Los ojos despedían ese brillo definitivo que dan la esperanza o la inocencia. El volumen de sus voces había aumentado. Además, se tocaban. Las palmadas en la espalda. Los brindis. La periodista los miró por largo rato, en silencio. Cuando se despidió, tuvo que aceptar que se llevaba con ella algo sin resolver dentro de la cabeza.

Lo había olvidado durante la cena, pero tan pronto como abrió la puerta de su cuarto se dio cuenta de que seguía ahí: el aroma. Algo denso y floral al mismo tiempo; algo echado a perder. Algo podrido. ¿Cómo pudo haber pensado en otra cosa que no fuera este olor por casi tres horas? Se hizo esa pregunta muchas veces mientras avanzaba muy despacio sobre la alfombra, como si temiera que, de saber que trataba de localizarlo, el olor emprendiera la retirada. Miró debajo de la cama. Fue al baño. Abrió los cajones de la cómoda. Revisó el estrecho espacio del balcón. Registró sus maletas. Le echó una hojeada al clóset. No encontró nada ahí: no había sobras o desechos que pudieran ocasionar la pestilencia. No había bichos muertos o ropa sucia. El cuarto estaba tan pulcro como lo había recibido el día anterior.

Esa noche la periodista soñó que estaba dentro de una casa enorme. De hecho, a medida que avanzaba el sueño, la casa crecía más y más. Ella caminaba y, en lugar de faltarle menos para llegar a la puerta trasera, que era su objetivo, cada vez tenía un trecho más largo por andar. Calculó que le faltaban unos tres metros cuando se topó con un espejo: había una mujer pequeñísima en él. Una muñeca o un títere. Una especie de gnomo vestido de mujer. Le tomó tiempo entender que eso era ella misma. Y, cuando por fin lo entendió, el terror fue tanto que se echó a correr. El efecto de ampliación de la casa se multiplicó entonces y, pronto, la mujer se vio a sí misma desaparecer.

La música la despertó. Era apenas un susurro que salía de alguna bocina que no podía ver desde su posición en la cama. Un saxofón. Un piano. Algo entre ellos dos. Se levantó, exasperada. Apretó varios botones sobre la cómoda y nada cambió. Entonces tomó el teléfono para quejarse. El encargado de recepción le explicó que era la música de la mañana.

—¿La música de la mañana? —repitió ella sin comprender.

—Así es —dijo él, sin inmutarse.

—Pero yo no quiero oír su música de la mañana —dijo, enunciando con todo cuidado cada palabra.

—No hay nada que podamos hacer desde aquí —contestó el hombre—. Son los ejercicios matutinos.

La periodista colgó y, furiosa, corrió las cortinas que daban a la calle: los transeúntes y las hileras del tráfico. La luz anémica de un sol de invierno. Todo el día por delante. Cuando se dirigió a la ventana que daba a un gran patio interior se sorprendió al ver a un grupo de hombres jóvenes sosteniendo libros entre las manos. Caminaban y leían al mismo tiempo. Daban la impresión de ser monjes o eunucos o seres que le pertenecían a otro mundo. Quiso tomar una fotografía, pero recapacitó: imposible saber si eso estaba permitido o no. Luego cambió de opinión. Fue hacia su maleta y, después de esculcarla con rabia, tuvo que admitir que no había traído la cámara. No era para tanto, se lo repetía a sí misma, pero no pudo detener el llanto. Se sentó sobre el retrete y se cubrió la cara con ambas palmas de las manos. No sabía qué estaba haciendo ahí, espiando una procesión de lectores por la ventana de una ciudad a la que nunca había querido ir. No sabía qué era ese olor que le taladraba la nariz. No sabía qué caso tendría volver a hacer otras tres o cuatro entrevistas para volver a escuchar lo mismo que había escuchado el día anterior. Se sintió desligada de todo lo que era su mundo y, tal separación, la llenó de ansiedad. ¿Y si no regresaba como las otras dos o tres periodistas sobre las cuales nadie sabía nada? ¿Y si algo le pasaba en este lugar? Lo que al inicio fueron lágrimas mudas que corrían abundantemente por sus mejillas, pronto se tornaron en sollozos. Le ardió el pecho. Sintió una presión singular sobre el esternón. Pensó que pronto no podría respirar y la idea no le pareció descabellada. Hizo eso por un largo rato: pensar cosas descabelladas. Luego inhaló. Luego exhaló. Los sollozos se fueron espaciando poco a poco. Al final, cuando ya no recordaba qué exactamente la había llevado al retrete, se dijo: son solo seis días más. Se dio cuenta de que la música de la mañana, tal y como la había denominado el recepcionista, había cesado. Y de inmediato se metió a bañar.

En los reportajes que, tiempo después, recibió el Jefe de Redacción, se podía leer: "Había algo en el cuarto del hotel, eso lo intuyó mi cuerpo antes de que mi cabeza fuera capaz de concebirlo. Había algo que se movía con sigilo y que cambiaba, apenas ligeramente, las cosas de lugar. Me había negado a aceptar algo así y acaso esa fue la razón por la cual, a pesar de que la pestilencia fue aumentando día tras día, me negué a presentar una queja en recepción. Pero el cuarto día, justo cuando regresaba de llevar a cabo las entrevistas previsibles de la jornada, lo vi. Ver es un verbo que puede prestarse a malentendidos aquí. Percibí algo con los ojos. Un movimiento o un destello dejó una marca dentro de mi mirada. No distinguí ni los contornos ni los detalles de lo que asumí, desde el inicio, que sería un rostro, un cuerpo, un par de manos, piernas. Había abierto las puertas del clóset intempestivamente y, eso, cualquier cosa que eso fuera, no pudo esconderse con la celeridad necesaria. Lo vi. Lo percibí. La presencia se escondía en el fondo del clóset y, desde ahí, amparándose detrás de las ropas, emitía un ronroneo extraño. Al inicio pensé que era un gruñido. Luego imaginé que era una queja. En todo caso cerré las puertas del clóset y, sin quitar los dedos de las manijas, me quedé inmóvil por mucho rato".

Buscó al muchacho que le había hablado de las dos o tres periodistas que se habían quedado por más tiempo del planeado en la ciudad. Cuando no lo encontró por ningún lado, se dedicó a esperarlo en su habitación. Pidió algo de cenar y, al abrir la puerta, se alegró de ver su rostro.

—¿Y dónde se quedaron? —le preguntó sin esperar a que el muchacho quitara las campanas de acero inoxidable de los platos servidos.

—¿Dónde se quedaron quiénes? —la duda en sus ojos era de una sinceridad entre ridícula y pasmosa.

—Las periodistas —murmuró, sin poderlo ver a la cara—. Las periodistas que me mencionaste hace días.

—Ah, ellas —dijo, y guardó silencio. Luego le dio la espalda para continuar sirviendo la cena. Era fácil imaginar alas ahí, emergiendo de los omóplatos de esa espalda ancha y ágil—. Nadie supo —mencionó después de un rato.

La periodista siempre había sido capaz de distinguir la verdad o la mentira en las voces de sus entrevistados. No podía explicar en qué consistía exactamente, pero algo, un cierto timbre o temblor o tono, la ponía en alerta. Casi nunca fallaba.

—La selva está cerca —murmuró el muchacho sin volverse a verla—. Cuando alguien quiere esconderse por lo regular va ahí. A la selva.

Ella se aproximó. Lo jaló del codo. Lo obligó a encararla. El rostro masculino, de rasgos finos y cejas definidas, había cambiado. Ya no era un muchacho sino un hombre embargado por el terror. Había envejecido. Estaba a punto de desmoronarse. Estatua de pan seco. Monumento de arena.

—¿Y por qué iban a querer esconderse esas dos o tres periodistas que mencionaste?

Algunos de los reportajes que recibió el Jefe de Redacción iban acompañados de recortes de periódico. Engrapadas a las páginas en blanco o pegadas con resistol, eran notas amarillentas en las que, años atrás, se había documentado la aparición súbita de un ser salvaje en la ciudad. Sin hablar su lengua y encorvada, la figura parecía provenir de muy lejos. Un lugar fuera del tiempo. Un lugar sin contextos humanos. Nadie sabía si había nacido allá o si había sido llevado, después, al seno del trópico de donde daba la impresión de estar regresando. Los doctores, que se aprestaron a llevar a cabo las auscultaciones del caso, no podían asegurar que no tuviera un daño cerebral. Lo cierto es que, por más que lo intentaron, y eso parece haber sido por meses enteros si no es que años, la figura nunca recobró el habla o la verticalidad. En las fotografías a veces daba la impresión de ser mujer, especialmente en aquellas en que su larga cabellera negra y enmarañada le cubría el rostro, dejando ver apenas un par de labios gruesos, semiabiertos, partidos. En otras, sin embargo, parecía hombre: un hombre joven que, sin querer, había sido capturado mientras arremedaba a un simio. En otras más no se parecía a nada familiar. La Inhumana, le habían puesto desde el inicio, conservando el artículo en femenino. La Inhumana llegó un día, sin aviso, y se quedó todos los años que tardó en morir. Entre un punto y otro vivió en un hospital para enfermos crónicos que se encontraba en las afueras de la ciudad. Una de las fotografías mostraba la ventana a través de la cual el rostro inefable observaba algo más.

—Tiene que venir conmigo —susurró el mesero mientras colocaba su mano sobre el codo y, empujando con suavidad, la llevaba fuera de su habitación—. Confíe en mí —alcanzó a oír cuando este le colocó una venda sobre los ojos y la empujó hacia el interior de un auto cuyo motor ya estaba encendido.

Nunca estuvo segura de cuánto había tardado el trayecto. Al hacer el recuento de los hechos se daba cuenta de que a veces creía que había pasado horas así, sin ver nada, mareada por los súbitos virajes del vehículo, solo para convencerse tiempo después de que no había sido más que un rápido recorrido en círculos concéntricos. El asiento trasero estaba forrado de un material suave al tacto, como el terciopelo, pero olía a orines y humedad. El aire que entraba por las ventanillas abiertas era tibio y denso, algo que casi podía masticar.

—¿Adónde me llevas? —preguntó con una calma que, sin ninguna razón aparente, sentía.

—Guarda silencio, por favor —fue lo que escuchó por toda respuesta. Luego el hombre encendió un cigarrillo y el aroma del tabaco la subyugó. Una música que imaginó como vespertina llenó la atmósfera del auto.

Todo ocurrió de manera veloz cuando arribaron a su destino. El muchacho abrió la puerta y, con sumo cuidado, le quitó la venda de los ojos. Luego, con el mismo movimiento sobre su codo derecho y todavía en silencio, la conminó a avanzar por una vereda terriza que parecía desaparecer bajo el embate de grandes frondas verdes. Los moscos pronto empezaron a dejar sus huellas rojizas en los antebrazos. Al final, cuando ya lo esperaba todo, vio una pequeña choza con puertas y ventanas abiertas.

—Entra —la invitó el hombre—. Te esperan.

El reportaje que más llamó la atención del Jefe de Redacción llegó en un paquete aparte, a medias escondido entre las páginas sucias de algunos libros. El aroma a tabaco y ¿a qué más?, entre sus huellas. Tocó las hojas con una cierta melancólica sensación: ahí habían estado, después de todo, sus dedos, la palma abierta de sus manos, sus ojos, la punta de sus cabellos.

Decía: "En las afueras del orden se desarrolla, con gran obstinación, otro orden. No se trata de una ciudad alterna propiamente dicha, sino de una serie de anticiudades que, diseminadas a lo largo de los estrechos fronterizos, sobreviven en constante movimiento. Fundados y abandonados casi al mismo tiempo, estos caseríos solo pueden existir si no son detectados por los distintos sistemas de vigilancia de la ciudad. Pasar desapercibidos es, luego entonces, su principal objetivo.

"Ahí, en uno de esos efímeros poblados, sobreviven hasta la fecha dos de las tres periodistas que no lograron salir de la Ciudad de los Hombres.

"Habían sido enviadas, como yo, para realizar una serie de reportajes sobre la peculiar ciudad desde el punto de vista femenino. Y, luego de un par de días, se habían dado cuenta, como yo, de que no podrían salir de ahí. Explicar ese tipo de cosas suele tomar toda una vida. Cuando las encontré en esa choza que no tardaría en desaparecer, me lo dijeron velozmente, justo después de entrechocar las manos. Dijeron, casi al unísono, sin dejar un solo momento de verse la una a la otra: 'Uno no puede explicar este tipo de cosas'. Luego me ofrecieron una bebida tibia, tan tibia como la lluvia que empezaba a caer sobre la selva.

"—Los inviernos son muy templados aquí —dijo una de ellas dándome la espalda, viendo algo más allá de la ventana.

"—Si aguardas lo suficiente, no tardará en crecer algo ahí —dijo la otra, aguzando el oído, como si el proceso pudiera ser detectado desde el sitio donde nos encontrábamos.

"Me tomó poco tiempo darme cuenta de lo obvio: las experiodistas no entendían ya mis preguntas y yo estaba incapacitada todavía para entender sus respuestas. Si alguien además del mesero del hotel hubiera podido presenciar el intercambio, habría pensado en un extraño ejercicio teatral.

"—¿Huyen? —les pregunté.

"—¿De qué? —me preguntaron a su vez, intrigadas.

"—¿Cómo es que decidieron quedarse aquí? —continué.

"—Uno no decide nunca ese tipo de cosas —balbuceó una de ellas, la que no había abandonado su posición cerca de la ventana—. Ese tipo de cosas pasan. Eso. Pasan. Y, luego, dejan de pasar.

"—Pero algo ha de haber sucedido —insistí—. Algo ha de haber precipitado esto que pasa y que, luego, eventualmente, dejará de pasar.

"Las experiodistas se vieron de reojo la una a la otra y, luego, con una especie de telepática compasión, se volvieron a mirarme.

"—Con toda seguridad —murmuró una de ellas—. Algo ha de haber pasado. Sí".

Dejaron de tener contacto con ella casi desde el momento en que partió. Al Jefe de Redacción le extrañó no recibir información alguna respecto de su llegada y no dejó de sentir un resquemor creciente, una sospecha que poco a poco le fue oprimiendo el pecho, una piedra sobre el esternón, conforme pasaron los días sin recibir ningún reportaje sobre la Ciudad de los Hombres desde el punto de vista femenino. Imaginó lo peor, por supuesto. En un día optimista llegó a imaginar que la periodista no había tomado el avión y que se encontraba, entre temerosa y rebelde, dentro de su apartamento, y allá se dirigió. Tocó la puerta, ansioso. Luego tocó la puerta convencido de que ella se encontraba ahí, agazapada. Cuando la portera accedió a abrirla por él, tuvieron que cubrirse la nariz: el gato había muerto. El polvo de la mañana sobrevolaba la inmovilidad de los muebles, su simple estar ahí. Todavía incrédulo, el Jefe de Redacción fue hacia el estudio. Pasó las yemas de sus dedos sobre los lomos de algunos libros. Tocó el teclado de su computadora. Luego, sin saber por qué, fue hacia la ventana y se cubrió el rostro. La persona que lo vio llorar desde la ventana opuesta se quedó paralizada de súbito: sintió una ligera opresión en el pecho. Vio el sol. Los reflejos del sol matutino sobre el cristal. Y se llevó la mano hacia el corazón, que no cesaba de latir aprisa, muy aprisa.

Ya de regreso en su oficina, el Jefe de Redacción hizo un par de llamadas por teléfono, mandó mensajes por fax y por correo electrónico. Pensó, por un momento, colocar una pequeña nota en la sección internacional señalando la fecha de partida de la periodista así como también el fracaso de toda comunicación con ella en el lugar de su destino. Después de dudarlo mucho, decidió esperar un par de días más. No quería provocar pánico entre los empleados ni tropiezos de corte diplomático entre las dos ciudades. Guardó silencio. Tomó café. La piedra sobre el esternón le impedía ya conciliar el sueño, digerir alimentos, imaginarse con ella.

Se dirigió al Hospital para Enfermos Crónicos la mañana de su séptimo día en la Ciudad de los Hombres. El cielo era gris y una lluvia tibia, una lluvia tan tibia que parecía té, le cubrió los cabellos. Nadie impidió su paso por el *lobby* y, cuando ordenó un taxi, el auto apareció sin problema alguno a la entrada del edificio. Tan pronto como cerró la portezuela notó el terciopelo rojo del asiento y, con la palma de la mano abierta sobre él, buscó los ojos del chofer en el espejo retrovisor. El hombre encontró los suyos y, segundos después, sin que ningún otro gesto perturbara un rostro de facciones masculinas y delicadas, desvió la vista. Un viento templado, denso y aromático a un tiempo, se abrió paso por su boca hasta llegar, dúctil, a los pulmones. Se sintió viva. Estuvo a punto de decirlo. Estuvo a punto de decir eso: estoy viva. Pero se contuvo.

El hospital era majestuoso. La fachada de austeras líneas verticales, con toda seguridad, de valor histórico. Sobre una loma, rodeado de altos muros de piedra, el hospital daba la impresión de estar por encima de sí mismo. Un inmueble suspendido en el aire. Una pura ascensión. La periodista subió por la escalinata central. Cuando llegó a la cima, ya había alguien esperándola ahí. Un hombre de bata blanca le estrechó la mano y la invitó a entrar.

—El director está ocupado ahora mismo, pero no tardará en llegar —ella asintió y, tan pronto como estuvo a solas dentro de la oficina principal, se dedicó a husmear entre los libros de la biblioteca y a ver, de reojo, el paisaje en torno al edificio.

—La selva desde aquí no parece selva, ¿no cree usted? —dijo el hombre de cabello entrecano apenas si entró en la oficina pero antes de extenderle la mano derecha.

—Efectivamente —dijo ella, meditabunda.

—Reconocerá el aroma —continuó él mientras revolvía algunos papeles sobre el escritorio—. Uno siempre acaba reconociendo ese aroma adonde quiera que vaya.

La periodista contuvo la respiración y, al mismo tiempo, sin conciencia alguna de lo que hacía, dirigió la mano derecha hacia su pecho. La opresión ahí. Las ganas de salir corriendo. Una piedra.

—Ahí está el cementerio, ¿alcanza a distinguirlo? —preguntó el Director mientras se aproximaba a ella por la espalda. El dedo índice, enhiesto. Algo inidentificable del otro lado de la ventana—. Las criptas siempre desaparecen bajo el embate de las plantas. Supongo que eso es lo bueno de tener un cementerio en la selva —concluyó.

La periodista caminó a su lado mientras recorrieron los distintos pabellones de la institución. Nada de lo que ahí vio la sorprendió. El Director avanzaba despacio por entre los pasillos solitarios como si no tuviera ningún otro compromiso a lo largo del día. Moroso, con una voz modulada y amable, le describía el tipo de padecimientos y la calidad de las cornisas.

—Vea usted —le señalaba los vitrales—. Una verdadera reliquia. Hermosa de verdad.

La periodista asentía. Tomaba notas. Cuando finalmente llegaron al área donde se encontraban los pacientes guardó silencio. Era lo que esperaba encontrar, ciertamente. Era lo que su imaginación le había dado con anterioridad: una acumulación de desgracias, una serie de daños, la mortificación plural. Veía sus rostros y, más que compasión, sentía ganas de vomitar. Trataba de reconocer algo humano en todo aquello y, cuando se dio cuenta de que eso era imposible, tuvo que sostenerse de un barandal. La falta de empatía la hizo ver hacia el piso inferior como quien avizora un abismo. Fue ahí, a un paso del abismo, que se dio cuenta de su soledad. Entre el ruido incesante y el aroma de algo echado a perder y las manos que se extendían hacia su cuerpo, la periodista experimentó un leve temor y, por eso, debido al temor, se volvió a buscar la presencia del Director. Había perdido la noción de cómo regresar a la Oficina Principal y la ansiedad ante tal descubrimiento la obligó a caminar más aprisa, sin importarle chocar contra los otros cuerpos o, incluso, apartándolos con brusquedad. Abrió puertas, corrió cortinas, buscó señas. Tenía la apremiante sensación de que le quedaba poco tiempo. Necesitaba protección. Quería un lugar donde guarecerse.

—Siempre sucede lo mismo la primera vez —dijo el Director cuando la vio entrar en su espaciosa oficina. Un suave hastío en la voz. —Mire —le dijo sin esperar a que la periodista pudiera recuperar la respiración o la calma. Abría una puerta de pequeñas dimensiones y, después de encender la luz, la invitaba a introducirse ahí. La periodista dudó, pero pronto entendió que aquello era una orden. La estrechez del espacio la obligó a rozarlo cuando pasó cerca de él. Era el mismo aroma. Era el aroma que, según él mismo, acaba siempre por ser reconocido. En todo lugar. En todo momento.

Había tomado pocas decisiones mientras esperaba. Seguía sin querer provocar un conflicto de dimensiones internacionales y, a la vez, sufría de angustia nada más de ver pasar el tiempo. Habló con un par de amigos sobre lo ocurrido. Uno de ellos fue el que recordó el caso de las dos o tres periodistas, no estaba seguro de la cantidad, que habían ido a la peculiar ciudad y que no habían regresado.

—Se habló —comentó con algo de sorna— de que finalmente habían conseguido marido.

El Jefe de Redacción no compartió las carcajadas que brotaron alrededor de la mesa. Con el rictus de la preocupación en el rostro, le preguntó más. Quería detalles, fechas, nombres. ¿Las habían buscado? ¿Después de cuánto tiempo se habían dado por vencidos? ¿Nunca volvieron a saber más?

Las respuestas que recibió lo hicieron acordarse de un sueño. Esperaba a un lado de una cabina telefónica. Cuando el teléfono finalmente sonaba, él se daba cuenta de que estaba amordazado. No podía descubrirse la boca. No podía hablar. Ahí estaba, la bocina frente a su rostro, y él no podía hablar.

El auto que la llevaría al aeropuerto llegó puntual la noche de su séptimo día en la Ciudad de los Hombres. La periodista había empacado sus pertenencias con parsimonia, doblando su ropa delicadamente y cuidándose de no olvidar nada en el baño. Luego, ordenó una cena ligera en su cuarto. El mesero que subió la charola no intentó entablar conversación alguna, desapareciendo tan pronto como descubrió la ensalada y descorchó una pequeña botella de vino. La periodista, que aguardaba, vertió el contenido en una copa y lo bebió a pequeños sorbos. A través de la ventana podía ver la lluvia, el cielo gris, los amplios nubarrones. Tuvo deseos de sacar la cabeza y abrir la boca para comprobar, así, que no se trataba, en efecto, de té. Se sonrió al pensar eso.

A la hora pactada, le avisaron de la recepción que había un auto esperándola. Un muchacho joven la ayudó con las maletas y otro le abrió la puerta mientras ella evitaba volver la vista atrás. El chofer encontró su mirada por el espejo retrovisor y, sin hablar, arrancó.

En el reportaje que, a un lado del teléfono, leería tiempo después el Jefe de Redacción, se contaba:

"La luz era entrañable ese día. No se trataba de la luz codificada del crepúsculo ni de la violenta irrupción de los rayos matutinos. Esta luz era otra cosa: la luz de un día nublado. La luz tratando de ser todavía luz, sin lograrlo del todo, fracasando". Interrumpió la lectura, carraspeó un poco. Vio hacia la ventana. Tenía la impresión de que el teléfono sonaría de un momento a otro. "Sabía lo que tenían planeado para mí porque no era algo distinto a lo que les había sucedido a las dos o tres periodistas anteriores: de camino al aeropuerto, mientras entrecerraba los ojos aliviada ya de siete días de temor y de trabajo, un accidente obligaría al chofer a desviar la ruta. Eso fue precisamente lo que aconteció. El auto dejó las avenidas de alta velocidad y se internó en pequeñas calles sin pavimentar. Cuando nos adentramos en la selva empezaba a oscurecer, pero la luz, esa luz delgada de invierno, todavía podía trasminarse por las rendijas de la noche. A eso le puse atención para evitar el pánico. La luz me salvó.

"Asumí que me abandonaría a la orilla del camino de un momento a otro. Esa era su estrategia: abrir la puerta y depositar al inicio de la nada, que era en realidad el inicio del todo, un todo inconmensurable y verde, a la todavía humana. El tiempo se haría cargo de todo lo demás. Estoy segura de que el tiempo se hará cargo de todo lo demás. Mientras tanto escribo. Mientras tanto me guarezco en esta choza y escribo. Pronto llegarán los que fundan las ciudades y las abandonan a un mismo tiempo. Pronto tendré con quién huir de aquí. Mientras tanto: escribo. Mientras tanto entiendo que escribo".

Volvió a interrumpir su lectura. Observó el teléfono. Se sirvió un poco de licor en un vaso largo. El teléfono, mudo, a su lado.

"Pronto, también, dejaré de entender. Cuando alguien me arrebate este pedazo de papel de entre las manos no entenderé ya más".

El gesto de alguien que está en otra parte

*

In situ

Es en el sexo.

    Es dentro de los espasmos de la respiración entrecortada, sedienta, inmisericorde.

    Es en el alrededor de la forma. En el ocaso de la luz.

Hay un cuerpo dentro de otro.

    Hay un cuerpo alrededor de otro.

Es el momento en que los dos callan y nadie dice la verdad.

Afuera: el mundo.

    Adentro: un vendaval.

(El *vendaval* es eso que otros menos afectados por la naturaleza hipnótica del lenguaje estarían tentados a llamar "un desastre natural".)

Todo esto ocurre en el sexo.

    Dentro.

*

La sonrisa oblicua

Me lo recordaba el dolor en el culo. El ardor. La dificultad para sentarme. En esos dos días *posteriores* cada que pensaba en la frase "sexo salvaje" me descubría una sonrisa idiota en el reflejo de las ventanillas. Mi cara de ciudad. Fue al inicio del tercer día que finalmente escribí la oración completa: el hombre se aproxima.

*

Un golpe que había resistido el paso del tiempo

El tercer día me despertó un golpe que recibí en sueños justo sobre mi costado derecho. Supuse que se trataba del mismo golpe que le había fracturado dos costillas a una mujer dieciséis años antes. En otro sitio. Se trataba, deduje, de un golpe que había resistido el paso del tiempo, el cansancio del viaje, la geografía.

*

Uno de los cinco sentidos

El dolor en el culo no era insoportable, pero lo tenía que notar. Un solo día, es cierto, pero el ardor me recordaba sus manos delgadísimas. Sus dedos alargados. Me traía a la mente la frase *el hombre penetrado*. El titubeo. La oscilación.

*

Suyo de él; suyo de ella

Se trataba de un tipo desagradable. Un hombre capaz de besar con infinita ternura y en la frente. Después.

Se trataba de una tipa sola. Una mujer con la costumbre de cerrar la puerta del baño con llave para evitar la conversación. El tacto. La intimidad. Después.

*

Historia

Lo que le quebró dos costillas a la mujer del hace-mucho-tiempo fue una patada.

*

El poder del yo

El hombre se aproxima en esta oración. El hombre la penetra. El hombre huele la sangre, el semen, la saliva. El hombre pronuncia la palabra *placer*. Y luego, de inmediato, la palabra *yo*. El hombre sonríe.

*

Doble penetración

Le dijo eso precisamente. Le dijo que había presenciado su placer; que lo había provocado. Le dijo que, a pesar de la oscuridad, lo había visto. Eso. Sus ojos cerrados. Su boca entreabierta. El rictus. El gesto de alguien que está en otra parte. La palabra *ida*. Le dijo que lo había visto todo con ayuda del resplandor del alumbrado público que penetraba la ventana.

*

Dos ensayos sobre el placer

Cuando la mujer cierra los ojos sabe que el hombre nunca ha experimentado el placer como una derrota privada.

    Una caída.
    Una capitulación.
    Una catástrofe.

Cuando el hombre eleva los ojos, lentamente, encontrando en el aire la presencia de algo divino, sabe que la mujer no conoce *el cariño*.

    Una cierta forma de benignidad.
    La mansedumbre.
    La suavidad.

*

Imbricación

Al golpe en las costillas le siguió otro en la cara que le reventó el labio superior. El olor a sangre. La respiración entrecortada.

*

Arte abstracto

—Te gustó —aseguró—. Yo vi que te gustó —repitió un par de veces más. Luego depositó un beso dulcísimo en la frente y se dispuso a preparar café.

La mujer yacía sobre sábanas teñidas de manchas rojizas. Expresionismo. Arte abstracto.

*

El segundo y tercero de los cinco sentidos

El olor a sangre. La palabra *agridulce*. El color rojo profundo. Rojo triste. Rojo roto. La sensación que me despertó el tercer día fue de algo roto. El residuo del placer. La cosa que perdura. La cosa perdurable.

*

La cita

—Me gustaría verte otra vez —le susurró al oído.

—Me gustaría matarte otra vez —escuchó ella. Y le dio un largo trago a la taza del café. Sonriendo.

*

Recordatorio

    Todo esto ocurre en el sexo.
    Todo esto es una imbricación.
    Todo esto es *in situ*.
    Desde un punto de vista ajeno nada de todo esto sucede.
    Ese gesto. Alguien ido.

*

Lo que ocurre en sueños

Cuando el golpe se aproxima —cuando la historia corre aprisa y alcanza su propio presente—, la mujer cierra los

ojos. El sonido. El aroma del miedo. La adrenalina. Y el sueño ese en que se sueña como una mujer entre colores. El ruido de un diente roto.

*

El deseo que se aproxima.

La mujer de los Cárpatos

Write this. We have burned all their villages.
Write this. We have burned all their
villages and the people in them.
Write this. We have adopted their
customs and their manner of dress.

Michael Palmer, "Sun", en *Codes Appearing*, 233.

—Llegué hace veinte años —contesté en voz baja mientras fingía no ver su intensa mirada azul. No me creía. Eso es lo que supuse: que no me creía y, por eso, también le dije que había llegado en el lomo de un burro gris, acompañada de unos cuantos víveres y un par de cuadernos. Él se introdujo entonces una brizna verde entre los dientes y se quedó callado. El asomo de una sonrisa entre sus dos labios. El cielo tan azul como sus ojos. El viento.

—¿Y desde entonces te vistes de hombre?

Recordé la manera como me había tomado: violentamente. Un ansia extraviada en cada mano. Un rencor muy íntimo. Sus dedos como abrelatas dentro de mi boca. ¡Cuánto tiempo de no ver un artefacto así! Recordé el aroma de su sudor: algo carnívoro. Y el sabor agrio de sus mejillas. Le dije, todavía inclinada sobre el agua del río, todavía fingiendo no ver su intensa mirada azul, que era mejor vivir sola como hombre. No me preguntó por qué decía eso. Tomó su pequeña valija de cuero y se alejó. Conté sus pasos sin voltear a verlo.

Cuando iba en el número veintitrés titubeó. Se dio la media vuelta.

—¿Me esperarás? —preguntó.

Le contesté que sí todavía inclinada sobre el agua del río. Introduje la mano en la corriente y saqué una piedrecilla redonda, lisa. La sostuve frente a mí como si se tratara de un espejo. Luego la guardé en el bolsillo derecho del pantalón. Supuse que quería recordar esa tarde. Supuse que la piedra estaba en lugar del forastero.

Nunca supe por qué había mencionado esa cifra: veinte años. Tampoco supe para qué era la espera que me hizo prometerle.

Antes de elegir mi destino había leído sobre ellas. Un libro extraño, mitad historia y mitad leyenda. Un libro en una biblioteca de ciudad. Lo leí con desmesura, como solía hacerlo entonces. Humedecía la yema del dedo índice para pasar las páginas y se me olvidaba comer. Solía detenerme únicamente para tomar agua pero, inmóvil frente a la llave del fregadero, en realidad no la bebía: apenas si colocaba el borde del vaso sobre mis labios volvía a distraerme. Algo urgente me llamaba desde otro lado de la habitación, y yo acudía. Antes de cerrar el libro ya lo había decidido: me iría de ahí, de la cocina y de la biblioteca y de la ciudad. Sería otra. Una de ellas. Es difícil explicar por qué hace uno las cosas que hace. Pero todo sucedió como en esos libros: me alejé y, sin planearlo apenas, llegué a una aldea donde hacían falta hombres. Les ofrecí trabajo. Me puse mis nuevas ropas y comprometí mi castidad. Y ellos, que eran tan pocos, inclinaron sus cabezas a mi paso.

El forastero apareció un mediodía frente a mi puerta. No venía, como yo alguna vez, sobre el lomo de un burro, sino sobre el asiento bastante maltratado de un vehículo militar. Un parabrisas salpicado de lodo. Cuatro llantas gruesas. Un toldo de tela rota. Las letras que adornaban su puerta me resultaban incomprensibles pero no así la lengua con la que se dirigió a mí. Me pidió agua y, como yo continuara inmóvil, abrió su cantimplora y la colocó de cabeza.

—¿Me entiendes? —repetía, cada vez más exasperado—. Necesito agua.

Tenía mucho tiempo de no ver a alguien así. Sus movimientos, tan infantiles, tan innecesarios, me conmovieron. Supuse que tenía miedo de morir.

—¿De dónde vienes? —le pregunté, tratando de hacerlo sentir menos incómodo bajo el dintel de la puerta. Acaso trataba de disuadirlo ya, de distraerlo. Nunca he sabido cómo deshacerme de la gente. Cuando dio un respingo que trató de disimular me percaté de que no podía verme bien. Como todas las de la montaña, mi casa era pequeña y oscura. Más tarde él la llamaría "la covacha". Fría en el verano; cálida en invierno. Para eso son las casas así.

—Pero si eres una mujer —susurró, entre incrédulo y festivo.

Su cuerpo tapaba el sol, así que tampoco yo podía verlo bien. No supe qué contestar. Entonces cruzó el umbral. Una zancada larga y voluminosa. Yo tardé mucho tiempo en reaccionar.

Habló de la guerra. Cuando terminó de beber el agua a grandes sorbos, se limpió la boca con la manga de su camisa y se sentó a la mesa. Pidió comida. Pidió más.

—¿Qué es eso? —preguntó cuando escuchó el sonido de las campanas.

—Una misa —dije mientras colocaba un plato con trozos de carne frente a él—. Algo fúnebre —murmuré después.

Comió igual que había bebido minutos antes: con urgencia. Vorazmente. Tomaba los alimentos con las manos y se los llevaba a la boca sin voltear a ver nada más. Luego trituraba y deglutía ruidosamente. Luego se chupaba los dedos.

Cuando se sació, empezó a hablar. Encendió una pipa y habló, sin parar, de la guerra. Las palabras salían de su boca como antes habían entrado los alimentos en ella: a borbotones. Contó los años. Vio al adolescente que había sido, meditabundo y sereno. Escuchó los disparos, el eco de los disparos. Sintió sed. Un sol despiadado volvió a ajarle la piel, a cegarle los ojos, a secarle los labios. Tragó tierra. Deseó apasionadamente el sabor de la sal sobre su lengua. Se dejó hechizar por el color del fuego. Caminó por noches enteras, subiendo y bajando colinas, empapado de orina y de miedo. Disparó. Cerró los ojos y disparó. Muchas veces.

—Tú no sabes lo que es eso —dijo. Y luego continuó sin esperar respuesta. El frío. La suciedad. El olor a cuerpo podrido. La muerte. Volvió a presenciar todo eso. Un cuerpo diminuto bajo el cielo demencial, abierto.

—Uno nunca está más desprotegido que cuando está bajo el cielo —aseguró.

Le ofrecí licor porque parecía necesitarlo. El ruido que hizo la botella al posarse sobre la madera lo sacó de concentración. Se volvió a verme. Debió haberse preguntado quién era, qué hacía aquí, dónde estaba en realidad, pero no formuló pregunta alguna. El licor lo tomó a pequeños tragos. Poco después cayó dormido sobre la mesa.

Todo bosque contiene siempre otro bosque dentro. El que está dentro es el mítico bosque encantado de los cuentos. Vivir en el bosque de fuera, sin embargo, no es fácil. La vida en la montaña requiere esfuerzo, disciplina, abnegación.

Precisa, sobre todo, de buenas manos. Nunca está de más una cabeza firme, bien plantada sobre los hombros, acostumbrada a la soledad. Hay que cortar árboles, sembrar la tierra, utilizar el agua gélida de los ríos. Puede haber incendios. Hay osos y águilas y otros animales temibles. A veces, hacia finales del invierno, todo se cubre de nieve. Y hay que caminar sobre la nieve, avanzar. Es bueno, a veces, distinguir el sonido de la rama cuando cruje. Es bueno caminar sobre las hojas secas, despacio. A veces se suspira. A veces todo se detiene. Pero hay trabajo sobre todo, en el bosque, mucho trabajo. Los cuentos infantiles rara vez mencionan esto.

—¿Y puedes hacer todo sola? —me preguntó después.

Le dije la verdad: le contesté que no. Que no puedo hacer todo sola. Y él se quedó tranquilo con mi respuesta.

—¿Vienen a ayudarte los hombres de la comarca?

—Tantas veces como yo los ayudo a ellos —le había dicho también, desafiante. Me pareció que el sonido de mi voz lo era.

Volvió sobre ese tema muchas veces, cada vez desde un ángulo distinto, como si no encontrara la manera de preguntar lo que deseaba preguntar.

—Todo bosque contiene un bosque dentro —murmuré cuando se incorporó del lecho y se colocó frente a la ventana en actitud de espera. Estuvo así largo rato, inmóvil. Cuando se volvió a verme; yo bajé la vista. Luego me cubrí los hombros con el cobertor. Luego le dije:

—Tú no deberías estar aquí.

¿Por qué alguien toma un par de cuadernos y, después de viajar por mucho tiempo en un camión desvalijado, se apea en una lejana provincia y se transporta, luego, sobre el lomo de un burro por días y días hasta llegar, si se puede, si esto es posible, a lo más lejos? No lo sé. ¿Por qué alguien elige un bosque? Tampoco tengo respuesta para eso. Está el color verde, por supuesto. La plétora de verdes que son el color verde. Hay que aprender a ver. Está el aire fresco y el cielo, este, en color azul cielo. La soledad, está. La soledad del cielo. Nunca nadie es tan desvalido como cuando sabe que va solo bajo el cielo. La posibilidad de callar por horas enteras, por días enteros, por meses enteros. La posibilidad de olvidar escribir. La posibilidad de no hablar. Están las manos que extendidas, que callosas, que secas y brutales, pueden tomar los instrumentos y cortar, sembrar, arar. Está la voz: grave. El eco, también grave. La posibilidad de decir "hemos incendiado todos los pueblos. Hemos incendiado todos los pueblos y a la gente en ellos. Hemos adoptado sus costumbres y sus vestidos". La risa dentro de las paredes de la iglesia durante los ritos. El lento caminar por el pasillo, el estrechar de las manos, el incesante inclinar de las cabezas. Está el llanto de los seres al nacer: un grave eco. Otro. Está el inicio: el bosque primigenio. El bosque dentro del bosque. Esa promesa. Escucha esto: está el hecho, incontrovertible, de que hemos quemado todos los pueblos y a la gente en ellos.

No se puede vivir en el bosque sin una teoría del bosque. Durante los entierros, cuando me uno a la procesión fúnebre y, luego, al observar el rostro del difunto dentro del féretro, es imposible no preguntarse si vale la pena. Si todo esto lo vale. El problema, como siempre, son los niños, los ancianos. El problema son siempre los más desprotegidos. Los que un buen día dejan la yunta y corren a toda velocidad entre los árboles buscando algo de luz. La oscuridad es tanta a veces bajo los árboles. El frío. El problema son los que pierden la razón. Uno se queda observando las veredas oscuras y se pregunta a qué le sabrá el trago de licor al hombre que echa las palas de tierra sobre todo eso. El bosque significa: más allá todo está en llamas. Hay una palomilla nocturna que vuela. El filo del instrumento ha cercenado la pierna. La nieve cae. La naturaleza de la nieve es caer. Hubo nieve antes; la habrá después. El bosque sobrevivirá todo eso. Todo esto. Ante la llama de la casa que cae, el rostro iluminado. Un ídolo. La naturaleza de la casa es caer. El ruido del hacha. Pronto desapareceremos. Hay una urgencia por ir al árbol. La pierna cercenada. El hilillo de sangre entre la nieve. Un par de huellas.

Le dije que no había estado en una ciudad en muchos años. La última que había visto era la que había dejado atrás. El recuerdo de sus luces me obligó a pestañear aprisa. Luego me reí.

—Nunca volví —dije, confirmando lo obvio. Luego escupí por la comisura izquierda de la boca y solté otro hachazo sobre la leña. El ruido seco. El olor a sudor. Un ave que vuela. El Forastero dio un paso atrás. Fue la primera vez que hizo eso.

—Enséñame tus manos —ordenó en lugar de pedir—. ¿Ves esto? —preguntó con algo de sorna señalando las astillas y los callos y las uñas rotas—. Así nunca podrías vivir en la ciudad.

Me molestó su presunción, sobre todo porque era falsa. Me molestó que creyera que yo podría querer regresar. Que a mí me interesaría ir de vuelta a todo aquello. Una mujer con las manos rojas. Una mujer de los Cárpatos. Por eso le di la espalda y seguí partiendo la leña en pedazos cada vez más pequeños. Oía mi respiración. El ir y venir de mi respiración. Me concentré en el movimiento de las muñecas. Tenía que ser apretado y perfecto, apenas una vacilación. El oscilar de las rodillas. La longitud vertical de los brazos.

La espalda. Pronto era parte ya de un ritmo familiar. El cuerpo dentro de su propia coreografía. El cuerpo dentro del bosque de adentro.

—No debiste haber regresado —susurré, la voz apenas un hilo entre el ruidazal de la respiración agitada—. ¿Para qué?

—La migración es un hecho natural —contestó, también de espaldas.

Mientras sucedía, cuando todo eso aconteció, imaginaba los cuerpos entre las llamas. Esas visiones interrumpían mis sueños. Interrumpían, también, las horas de vigilia, interrumpían mi teoría del bosque.

—Nunca aprendieron nuestra lengua —decían algunos a manera de justificación. Todo esto dentro de la iglesia.

—Despreciaron nuestras danzas —argumentaban otros entre el ruido sigiloso de las campanas.

—¿Se dieron cuenta ya de que nunca inclinan la cabeza?

El bosque es siempre una cosa en expansión.

Las preguntas continuaron así. Las justificaciones. No importó que otros hablaran de los ríos que comunican. No importó ninguna elaboración acerca del contexto, acerca de lo indispensable que es el contexto para la diseminación de nuestra lengua. Hay algo más grande. ¿Nos entenderíamos nosotros sin los otros que no nos entienden? Hay algo que nos contiene. Este tipo de interrogantes provocó gran irritación. Bullicio.

—Incendiamos sus pueblos —se oyó dentro de la iglesia, un grave eco, una voz muy suave—. Incendiamos a la gente en ellos. Adoptamos sus costumbres. Sus vestidos.

Yo bajé la vista y encontré mis manos sobre el regazo, huérfanas.

Alrededor de mí la palabra *agreste*. Toca esto.

La civilización se extiende y la barbarie también. Entre una y otra está el bosque, lo sé. El verde. El cielo. La nieve, que cae. Las campanadas fúnebres. La sangre, la huella. Hay un hombre en el bosque que es una mujer. Hay una mujer. Un bosque.

No sé si lo hicieron por mí, aunque siempre me lo pregunté. Es difícil discernir las intenciones de los otros. Habían fallecido tres más: dos niñas y un niño. Éramos tan pocos. La escasez produce conductas extrañas. La oscuridad bajo los árboles. El estar fuera; el estar más allá. El pánico es una enfermedad: eso se entiende. Tocaron sus frentes varias veces solo para comprobar que la fiebre terminaría con ellos. Intentaron descifrar sus últimas palabras. Fue una madre la que apuntó el dedo. El pánico es una enfermedad que es un drama. Su llanto era un instrumento con filo que me partió en dos. Había vivido, en efecto, muchos años entre ellos. Los había servido bien. Me tenían el afecto cauteloso que se siente hacia quien, por haber llegado tarde, se ha perdido para siempre el misterio de la causa. Pero me veían sin recelo. Inclinaban su cabeza a mi paso. Me interpelaban. Cuando me quebré una pierna, cuidaron de mi granja. Me sacaron del pozo de agua cuando caí en él, un verano. Me regalaron tres ovejas que luego se convirtieron en siete, luego en quince. Luego en lana y, también, en trozos de carne sobre platos de peltre. Comimos juntos. Deglutimos a la par. No nos dejamos intimidar por el brillo de nuestros dientes ni por el peso de nuestras manos sobre la mesa de madera. Sobre esta mesa estudiamos sus vestidos y sus costumbres en mis cuadernos. Aquí hojeamos los libros y vimos las imágenes. Aquí planeamos los incendios.

Yo hablé, desde siempre, su lengua. No me pregunten por qué alguien elige un bosque. No tengo respuestas.

Dijo que finalmente lo había recordado. Dijo que me había visto, mucho tiempo atrás, meses o incluso años antes de mi partida. Reconoció los cuadernos, dijo. Las tapas negras. Su singular tamaño. Las manos que, firmes, se posaban sobre ellas.

—¿Recuerdas eso? —preguntó.

Yo le contesté, naturalmente, que no.

Eso no lo hizo desistir. Dijo que él había estado ahí, en la acera de enfrente, bajo la llovizna, mientras yo esperaba, los cuadernos apretados contra el pecho, el transporte que me llevaría lejos.

—Ahora recuerdo perfectamente ese día —aseguró.

Yo, por supuesto, insistí en negarlo con la cabeza. Debí haberlo visto con los ojos desmesurados porque, pronto, estalló en una carcajada festiva. Un ave que vuela. Yo empecé a reír sin saber a ciencia cierta por qué lo hacía. Ese tipo de risa que pronto alcanza la hilaridad suele causarme desolación. Hay un momento en toda historia en que es posible discernir de repente lo que ocurrirá después. Yo lo supe ahí, dentro de la historia que inventaba un forastero para construir un contexto que pudiera abarcar un momento que no existió. Dentro de la desolación. Después de la risa.

Guardé silencio por eso.

Por esto: afuera caería la nieve de nueva cuenta, silenciosa. Poco a poco se dejarían oír los pasos. Lo demás ocurriría de manera veloz: el forcejeo, el instrumento con filo en el aire, su irrevocable caída. Las partes del cuerpo. El hilo de sangre. Las huellas.

Había dicho, antes de estallar en la carcajada festiva, que era como el que cuenta una historia solo para tener el privilegio, o el poder, esto también lo dijo, de incluir ahí un elemento extraño. Algo que no va.

Lo vi entonces. Despejé su rostro con mis manos. Lo vi absolutamente.

—El último día, el día de la llovizna no existió —murmuré.

No fue sino hasta entonces que calló.

Es difícil explicar cómo puede uno permanecer inmóvil bajo la nieve por tanto tiempo. Difícil decir: estas son mis rodillas, este tu torso, tu muslo, tus dedos. Estos son los ojos con los que me viste. La migración es un hecho natural. Es siempre difícil describir lo que hace un hacha. Difícil constatar el dedo enhiesto de la madre y difícil oír su aullido al otro lado de la ventana y difícil romperse en dos, muy lentamente, al comprender el veredicto. Es difícil permanecer inmóvil, los puños apretados, y ser testigo de los hechos. La rama que cruje. El ave. Es difícil estar bajo el cielo.

Cuando murmuraba a escondidas la palabra *Cárpatos* era capaz de ver un bosque, un cielo azul, la nieve cayendo. Yo era una niña entonces. Eso es cierto.

Fuera de lugar

Había notado que pronto se acabaría la gasolina y, por eso, cuando divisé el cartel maltrecho en el que se anunciaba la presencia inminente de la gasolinería, sonreí. Diez kilómetros. El vaho de la respiración súbitamente agitada nubló el parabrisas pero mis manos, protegidas por gruesos guantes de lana, lograron aclarar el espacio suficiente para ver la faja gris de la carretera. Una flecha en color negro.

Aquí.

La soledad de la gasolinería no me sorprendió tanto como el rostro enjuto, excesivamente pequeño, del hombre que, desde detrás de un mostrador de madera oscura y sobada, se entretenía viendo los copos de nieve que flotaban a su antojo en el aire. Su actitud me obligó a detenerme frente al ventanal y a observar, con extraña calma, el paisaje de invierno. Por un momento olvidé que mi viejo coche estaba ahí, inmóvil y a la espera del preciado líquido. Olvidé el frío. Olvidé que me faltaban muchos kilómetros para llegar. No fue sino hasta que una ráfaga hizo girar con suma dificultad una oxidada rosa de los vientos que volví a la realidad.

—Gasolina —murmuré con demasiada timidez, colocando un puñado de monedas sobre el mostrador.

El hombre observó primero las monedas y después mi rostro sin cambio alguno de expresión. Era obvio que no entendía lo que estaba pasando. Repetí la palabra y, con el dedo índice, señalé mi auto. Por toda respuesta, emitió una serie de gruñidos inentendibles y, luego, se volvió a ver la nieve con la misma concentración anterior. Si no hubiera estado ofuscada por su falta de solicitud, habría dicho que eso que se producía en su mirada cuando entraba en contacto con la nieve era puro placer. Algo infantil. Algo en perpetua levitación. Tal vez lo noté. Tal vez lo entendí. De otra manera no me puedo explicar por qué salí del cuarto con tanta mansedumbre y por qué empecé a caminar en dirección al centro del lugar. Un kilómetro. Una flecha color negro.

Aquí.

Tan pronto como entré en el restaurante supe que tenía hambre. Los olores no me remitieron a nada conocido pero de mi estómago surgieron de pronto los sonidos típicos del gusto anticipado. Me senté en una de las muchas mesas libres y, de inmediato, pedí el menú. La mesera que se detuvo a mi lado parecía turbada por mi petición. Me miró por un rato que me pareció muy largo y, sin contestar nada, me entregó dos hojas sueltas que no pude, por más que lo intenté, descifrar. Así se lo hice saber.

—Lo siento. No entiendo nada —dije. Y ella, que parecía no entenderme tampoco, se fue rumbo a la cocina. De ahí salió un muchacho alto, despeinado, que pronunciaba un saludo vacilante mientras se secaba las manos en un delantal blanco.

—¿Foránea? —preguntó. Los ojos claros. Los ojos abiertos. Los ojos de haber encontrado algo.

Le respondí de inmediato que sí; que, efectivamente, era *foránea*. La palabra, un tanto anacrónica, me gustó mucho en ese momento. Me gustó de verdad. Cuando se sentó a la mesa y empezó a hablar de esa manera dubitativa y lenta en que hablan los que no dominan un idioma a la perfección me di cuenta de que era la primera plática verdadera que sostenía en días. Antes: las manos sobre el volante. Antes: la carretera interminable. Antes: el ronroneo del motor. Antes: el silencio amplio, blanco, atroz, del invierno. Antes: ninguna parte.

—No podrás salir con esta tormenta —dijo, señalando el exterior, preocupado—. Ven —añadió casi de inmediato, sin esperar mi respuesta.

Había desaparecido la luz, en eso recapacité demasiado tarde. También me tardé mucho en notar lo rápido que se desvanecían las huellas que iban desde el restaurante hasta la estrecha puerta de su casa. Doscientos metros. Ninguna flecha de color negro. Aquí.

Dormí muchas horas. Tal vez veintitrés. Acaso treinta y uno. Lo primero que vi al despertar fue el rostro del hombre del restaurante a quien le brillaban los ojos con la palabra *foránea*.

—Tu auto —me dijo con el gesto compungido—. Tu auto desapareció.

La noticia no me dio miedo. Tampoco pregunté cómo había sucedido ni me disgusté. En cambio, guardé silencio. Volví a cerrar los ojos. Me estiré bajo las sábanas blancas. Flexioné cada uno de los dedos de los pies. Supongo que el tiempo pasó. Abrí los ojos otra vez, lo observé. Luego solo pude constatar, con extraña serenidad, que el paisaje de invierno del otro lado de la ventana era el mismo.

Así lo conocí. Y así fue como acepté quedarme. Una flecha negra. Aquí.

Pronto me di cuenta de que el invierno no era pasajero en este lugar. La nieve continuó cayendo, ya ligera o ya tumultuosa, pero siempre blanca. Siempre. El frío limitaba mis salidas de su casa y, en las raras ocasiones en que lo acompañaba al restaurante, mi falta de pericia en su idioma volvía mi presencia incómoda en todos lados. Prefería, en todo caso, quedarme frente al fuego, ver por la ventana, dejar pasar el tiempo. Fue en esos días que llegué a entender al hombre de la gasolinería con quien, de haber podido, me habría gustado platicar. Platicar largamente. Platicar sobre la hipnosis que provoca la caída de la nieve. En lo que supuse que, en otro lado del mundo, sería ya el verano, tuve su primer hijo. Dos otoños después, nació el segundo. Los acepté a ambos con igual fuerza, con igual afecto. En el momento de su nacimiento insistí en colocar sus cuerpos todavía sangrantes sobre mi pecho. Aquí. Una flecha color rojo. Esa tibieza. Cuando estuvieron en condiciones de hablar, les enseñé mi idioma.

—De igual manera lo aprendí yo —dijo su padre cuando interrumpió, sin querer, una de nuestras sesiones matutinas—. Mi madre era una foránea —añadió como si yo ya estuviera enterada de ese dato. Luego colocó la punta de sus dedos sobre mi mentón, un gesto con el que quería decir que aprobaba mi decisión.

Fue poco tiempo después que empezó a llevárselos con él sin aviso alguno, sin darme indicios de su paradero. Me pedía nada más que los arropara bien y que les preparara una canasta de víveres acompañada de cantimploras llenas de agua. Luego desparecían abruptamente para aparecer, días después, días que a mí me parecían semanas enteras, con los rostros enrojecidos, los cabellos sucios, las piernas llenas de moretones, la cara cruzada de rasguños. En una ocasión, uno de ellos, el más pequeño, llegó a casa incluso sin un diente.

Me tomaba tiempo reconocerlos a su llegada. Parecían hijos de otra mujer. Parecían, de hecho, no provenir de mujer alguna. Sus rostros tenían ese aire ininteligible y furibundo de los Nómadas que, de cuando en cuando, tomaban la plaza central sin que nadie pudiera hacer nada al respecto. Había algo incivilizado alrededor de sus ojos encendidos, algo primitivo en la manera en que tomaban los objetos o aspiraban el aire del atardecer. Había algo poderoso. Algo como un eco. Algo inabarcable. Justo como hacía con las temibles presencias de los Nómadas, yo pasaba entonces junto a mis hijos como si se tratara de extraños. Cuando comían alrededor del fuego, los niños lanzaban los brazos hacia el aire, gritaban, reían a carcajadas. Les envidiaba todo eso. Sus gestos. El fulgor de sus rostros. La abrupta felicidad. Solo guardaban silencio si oían mis pasos o si presentían, como solía ocurrir, que los escuchaba desde detrás de la puerta de la cocina, acurrucada. Si yo aparecía de súbito con una olla humeante de sopa o con más pan caliente entre las manos, entonces cambiaban hasta el tono de su voz. Para referirse a mí utilizaban ese vocablo universal: "Ma". Yo, en ese momento, solo los llamaba "los niños".

Desde el inicio intenté saber adónde iban, qué hacían en ese lugar, por qué regresaban. Fraguaba preguntas que luego planteaba en momentos muy íntimos, como por ejemplo antes de dormir, cuando los arropaba bajo los edredones de pluma de ganso, o durante nuestras clases de idioma, cuando sabía que nadie más nos escuchaba o nos entendía. Las más de las veces me conformaba con espiarlos discretamente, viéndolos de reojo cuando jugaban en el patio o caminando a su misma velocidad cuando me acompañaban a comprar viandas al mercado. Nada dio resultado. En eso fueron tan herméticos como su padre. Su silencio se parecía a la nieve: a veces constante, a veces flexible, pero siempre blanco. Siempre cayendo como una sutil cortina entre nosotros. Siempre separándonos.

Había pasado ya mucho tiempo de todo eso cuando intenté obtener información del hombre de la gasolinería.

Estaba fuera de mis cabales. Fui hasta la gasolinería durante una de sus ausencias, una tarde justo antes de que iniciara la tormenta. Me coloqué frente a él como la primera vez y, vencida de nueva cuenta por su actitud reconcentrada, terminé viendo, a su lado, en absoluto silencio, la caída de la nieve. Había, detrás de los copos, una luz amarilla y delgada que me hizo pensar que, en algún otro lugar del mundo, seguramente ya era invierno.

—Nunca lo vas a aceptar, ¿verdad? —me preguntó entonces el hombre en voz muy baja; una voz, de hecho, cálida. Cuando me di cuenta de que lo estaba entendiendo me sumí en una súbita tristeza y mi estupor no me dejó contestarle nada.

—Deberías desistir —añadió después, sin importarle mi silencio y sin dejar de posar esos ojos grises y hondos sobre la superficie del ventanal—. ¿Para qué querrías enterarte de todo eso?

Iba a responderle que tenía derecho a saber, que quería conocerlos, que eran parte de mi familia. De mí. De mi cuerpo. Iba a responderle tantas cosas pero solo atiné a abrir la boca. El vaho me hizo pensar que el mundo no era más que un gran parabrisas empañado y eso, sin saber por qué, me provocó un callado acceso de llanto.

—Mira —dijo el hombre entonces, señalando un promontorio blanco que apenas se dejaba ver por una de las esquinas del ventanal—. Mira —insistió.

Me sequé las lágrimas y me volví hacia la dirección señalada. Lo vi. Lo vi todo. Me soné la nariz y lo observé a él con la respiración contenida: seguía igual, imperturbable y cómodo detrás del mostrador. Era un hombre extraño pero ya no me provocaba temor. Abrí la puerta de su comercio a toda prisa, pasé a un lado de la inmóvil rosa de los vientos y, sin pensarlo, sin ninguna decisión de por medio, me abalancé sobre la montaña que me había obligado a identificar. Cuando logré quitar la suficiente nieve, abrí la puerta de mi auto y me introduje en él como si se tratara de un museo en el que estuviera prohibido tocar algo. Recargué mi frente sobre el volante por puro instinto. Y por puro instinto intenté también ver algo a través del parabrisas.

Simple placer. Puro placer

Lo recordaría todo de improviso y en detalle. Vería el anillo de jade alrededor del dedo anular y, de inmediato, vería el otro anillo de jade. Abriría los ojos desmesuradamente y, sin saber por qué, callaría. No preguntaría nada más. Diría: sí, muy hermoso. Lo es. Y pasaría las yemas de sus dedos sobre la delicada figura de las serpientes.

Una caricia. El asomo de una caricia. Una mano inmóvil, abajo. Una mano de alabastro.

Cruzaba la ciudad al amanecer, en el asiento posterior de un taxi. Iba entre adormilada y tensa, su bolsa de mano apretada contra el pecho. En el aeropuerto la aguardaba el inicio de un largo viaje. Lo sabía y saberlo solo le producía desasosiego. No tenía idea de cuándo había aparecido su disgusto por los viajes, esa renuncia a emprenderlos, su forma de resignarse, no sin amargura, ante ellos. Con frecuencia tenía pesadillas antes de partir y, ya en las escalerillas del avión, presentía cosas terribles. Una muerte súbita. El descubrimiento de una enfermedad crónica. La soledad.

—Este será el último —se prometía en voz baja y, luego, movía la cabeza de derecha a izquierda, incapaz de creerse.

—¿Decía algo? —le preguntó el taxista, mirándola por el espejo retrovisor.

—Nada —susurró—. Decía que será el último viaje.

—Ah, eso —repitió él. Luego solo guardó silencio. Cuando el auto bajó gradualmente la velocidad, los dos se asomaron por las ventanillas.

—Un accidente —murmuró él, desganado.

—Sí —asintió ella. Pero a medida que se aproximaban al lugar de la colisión, no vieron autos destruidos o señas de conflicto. Avanzaron a vuelta de rueda sin saber qué pasaba, preguntándoselo con insistencia. Abrieron los ojos. Observaron el cielo gris, las caras de los choferes desvelados, los pedazos de vidrio sobre el asfalto. No fue sino hasta que estuvieron a punto de dejar la escena atrás cuando los dos se percataron de lo acontecido.

—Pero si es un cuerpo —exclamó él. La voz en súbito estado de alarma.

—Un cuerpo desnudo —susurró ella—. Un cuerpo sin cabeza.

Ella le pidió que se detuviera y que la esperara. Ya abajo, mostró su identificación para que los policías que vigilaban la escena la dejaran cruzar la valla amarilla. Caminó alrededor del cuerpo decapitado y, antes de pedir algo con que cubrirlo, se detuvo a mirar la mano izquierda del muerto. Ahí, alrededor del dedo anular, justo antes de que iniciara el gran charco de sangre, estaba el anillo de jade. Dos serpientes entrelazadas, verdes. Un objeto de una delicadeza extrema. La Detective lanzó su mano hacia la sortija pero al final, justo cuando concluía su gesto, se detuvo en seco. Había algo en el anillo, algo entre el anillo y el mundo, que le impedía el contacto. Fue entonces cuando observó su propia mano, inmóvil y larga, suspendida en el aire de la madrugada.

—Se le hace tarde —alcanzó a oír. Y se puso en marcha.

Hay una ciudad dentro de una cabeza.

A su regreso preguntó por él, por el hombre decapitado, pero nadie supo darle datos al respecto. Buscó entre los documentos archivados en el Departamento de Investigación de Homicidios y tampoco encontró información ahí. Hasta su asistente se mostró incrédulo cuando le refirió el suceso.

—¿Estás segura? —la miró de lado—. Habríamos sabido de algo así.

—¿Tampoco en los diarios? —preguntó—. ¿Tampoco ahí?

El muchacho movió la cabeza en gesto negativo y bajó la vista. Ella no pudo soportar su sospecha o su lástima y salió a toda prisa de la oficina.

El taxista le aseguró que lo recordaba todo. A petición suya vació su memoria frente a sus ojos, sobre sus manos, en todo detalle. Recordaba que el cuerpo cercenado se encontraba en el segundo carril de la autopista que iba al aeropuerto. Recordaba que no llevaba ninguna prenda de vestir y que la piel mostraba magulladuras varias. Pintura abstracta. Tortura. Recordaba el charco de sangre y los extraños ángulos que formaban los distintos miembros del cuerpo. Recordaba que había ya tres o cuatro policías —en eso su memoria dudaba un poco— alrededor del cadáver cuando ella se bajó del auto y merodeó por el lugar de los hechos. Recordaba que había sido él quien reaccionó: tenían que alejarse de ahí si no quería perder el vuelo. Ella tenía que dejar la posición en que se encontraba, de cuclillas junto al muerto, si es que quería llegar a tiempo. Eso hizo: se incorporó. El ruido de las rodillas. Eso lo recordaba también. Al final: el ruido de las rodillas. Eso.

—Siempre quise un anillo así —le dijo a la mujer que lo portaba con cierta indiferencia y cierto donaire.

La mujer elevó la mano, el dorso apuntando hacia sus ojos. Parecía que lo mirara por primera vez.

—¿Te gusta de verdad?

—Sí —afirmó la Detective—. Todavía me gustaría tener uno así —la mujer se volvió a ver las aguas alumbradas de la alberca y, con melancolía o indiferencia, la Detective no pudo decidir exactamente cómo, se llevó un vaso alargado hacia los labios.

—Es un anillo de Oriente —dijo—. De las islas —pronunciaba las palabras como si no estuviera ahí, alrededor de la alberca, entre los sosegados murmullos de gente que deja pasar el tiempo en una fiesta—. Un regalo —concluyó volviendo a colocar el dorso de la mano izquierda justo frente a sus ojos. La mirada, incrédula. O desasida. Las uñas apuntando hacia el cielo—. El regalo de una fecha excesivamente sentimental.

—Un regalo amoroso —intercedió la Detective en voz muy baja.

La mujer, por toda respuesta, le sonrió incrédula, desganada.

—Podría decirse que sí —murmuró al final—. Algo así.

No podía evitarlo, cada que conocía a alguien se hacía las mismas preguntas. ¿Se trata de una persona capaz de matar? ¿Estoy frente a la víctima o el victimario? ¿Opondría resistencia en el momento crucial? Gajes del oficio. Cuando la mujer se dio la vuelta, alejándose por la orilla de la alberca con una languidez de otro tiempo, un tiempo menos veloz aunque no menos intenso, la Detective estaba indecisa. No sabía si la mujer era capaz de matar a sangre fría, cercenando la cabeza y arrojando el cuerpo después sobre una carretera que va al aeropuerto. No sabía si la mujer era la víctima de una conspiración hecha de joyas y estupefacientes y mentiras. No sabía si la indiferencia era una máscara o la cabeza ya sin máscara. La mujer, en todo caso, la intrigó precisamente por eso, porque su actitud no le dejaba saber nada de ella. Porque su actitud era un velo.

—¿Qué es un anillo en realidad? —le había preguntado al Asistente sin despegar las manos del volante ni dejar de ver hacia la carretera—. ¿Un grillete? ¿El eslabón de una cadena? ¿Una marca de pertenencia?

—Un anillo puede ser también una promesa —interrumpió el muchacho—. No todo regalo amoroso, no todo objeto marcado por San Valentín, tiene que ser tan terrible como lo imaginas.

La Detective se volvió a verlo. Estiró la comisura derecha de la boca y le pidió un cigarro.

—Pero si tú no fumas —le recordó.

—Nada más para sostenerlo entre los dedos —dijo—. Anda —lo conminó.

—¿Estás segura de que se trata del mismo anillo? ¿Del mismo diseño?

—Mismo diseño, sí. Pero puede ser una casualidad. Una casualidad tremenda. Además, tenemos otras cosas por resolver. No tenemos tiempo para investigar asesinatos que nadie registró en ningún lado. No nos pagan para hacer eso.

Los dos se miraron de reojo y se echaron a reír. Luego, bajo la luz roja del semáforo, bajaron las ventanillas del auto y se dedicaron a ver el cielo.

—¿Cómo empezamos?

Hay una película dentro de una cabeza.

La volvió a encontrar en los pasillos de un gran almacén. Mercancías. Precios. Etiquetas. La Detective buscaba filtros para café mientras que la Mujer del Anillo de Jade analizaba, con sumo cuidado, con un cuidado que más bien parecía una escenografía, unas cuantas botellas de vino. La observó de lejos mientras decidía cómo acercarse: los hombros estrechos, el pelo largo y lacio, los zapatos de tacón. No era una mujer hermosa, pero sí elegante. Se trataba de alguien que siempre llamaba la atención.

—La casualidad es una cosa tremenda —le dijo por todo saludo cuando se colocó frente a ella y le extendió la mano.

—¿Vienes aquí muy seguido? —le contestó la mujer sin sorpresa alguna, colocando el rostro cerca del de la Detective para brindarle, y recibir, los besos de un saludo más familiar.

—En realidad no —dijo y sonrió en el acto—. Vengo aquí nada más cuando sé que me encontraré en el pasillo 8, a las tres de la tarde, a la Mujer con el Anillo de Jade.

—¿Todavía quieres uno así? —volvió a elevar la mano izquierda, las uñas al techo, para ver el anillo de nueva cuenta.

—¿Lo vendes?

La Mujer del Anillo soltó una carcajada entre estridente y dulce, luego la tomó del codo y la guio, sin preguntarle, hasta la salida del almacén.

—Ven —dijo—. Sígueme.

Se subieron a la parte trasera de un coche negro que arrancó a toda velocidad. La Mujer del Anillo marcó un número en su teléfono celular y, volviéndose hacia la ventanilla, dijo algo en voz muy baja y en un idioma que la Detective no entendió. Pronto transitaban por callejuelas bordeadas de tendajos y puestos de comida. El olor a grasa frita. El olor a incienso. El olor a muchos cuerpos juntos. Cuando el auto finalmente llegó a su destino, tuvo la sensación de que se habían trasladado a otra zona de tiempo, en otro país. Puro bullicio alrededor.

—Te voy a pedir un favor muy grande —le avisó la mujer—. Voy a pedirte que me aclares algo —imposible saber qué había en sus ojos detrás de las gafas negras, imposible saber qué motivaba el leve temblor de los labios—. Tú te dedicas a investigar cosas, ¿no es cierto?

Tan pronto como la Detective asintió, volvió a tomarla del codo y a dirigirla entre el gentío y bajo los techos de los tendajos hacia otros vericuetos aún más estrechos. Finalmente abrió una puerta de madera roja y, como si se encontraran ya a salvo después de una larga persecución, se echaron sobre unos sillones de piel abullonados. Un hombrecillo frágil les ofreció agua. Alguien más encendió la música de fondo. La mujer apagó su teléfono.

—A final de cuentas la casualidad no es una cosa tan tremenda, ¿verdad? —preguntó la Detective con su altanería usual, tratando de entrar cuanto antes en el tema.

—En todo caso no es un asunto original —le contestó con una altanería si no similar, por lo menos de la misma contundencia.

—Quieres hablarme de un hombre decapitado del que nadie sabe nada. Quieres contarme del otro anillo —la Detective se cubría la boca con el vaso de agua mientras la miraba y miraba, al mismo tiempo, el cuarto donde se encontraban. Las ventanas cubiertas por gruesas cortinas de terciopelo. El piso de silenciosa madera. Las telarañas en las esquinas. Igual ahí se acababa todo. Igual y no había nada más.

—¿Siempre eres tan apresurada? —le preguntó. Los ojos entornados. La molestia. Los gestos de la buena educación.

—Supongo que sí. Esto —se interrumpió para beber otro trago de agua— es mi trabajo. Así me gano la vida. No es un *hobby*, por si te interesa saberlo.

—Puedo pagarte dos o tres veces más de lo que ganas.

—Que sean cuatro —respondió de inmediato. Luego sonrió. Entonces empezaron a hablar.

El dinero. El dinero siempre hacía de las suyas con ella. El dinero y el conocimiento —dos monedas de cambio—. Estaba segura de que al final de todo, cuando recibiera la cantidad pactada, volvería a reírse frente al espejo del baño con la misma incredulidad y la misma agudeza. ¿De verdad lo necesitaba? El agua. Las gotas de agua sobre el rostro. Se respondería entonces lo que se respondía ahora mismo: no, en sentido estricto, no lo necesitaba. Añadiría: quien lo necesita, quien necesita darlo a cambio de lo que yo sabré, es ella. Y entonces volvería a ver el anillo como lo vio la primera vez: una argolla, una trampa, el último eslabón de la cadena que todavía ataba al decapitado a la vida. Una seña. El hallazgo y el dinero. La cadena del mundo natural. Cuando se metió bajo las sábanas pensó que no le molestaría en lo más mínimo que fueran de seda.

Le dijo que el anillo era una promesa. Una promesa que había dado y una promesa que había recibido. Un pacto.

—¿De sangre? —la interrumpió sin poder ocultar la burla.

—Algo así —contestó ella, sin inmutarse, mirándola al centro mismo de los ojos.

Le dijo que ella también lo había visto sobre la carretera. Lo había visto, aclaró, sin saber que era él. Sin imaginarlo siquiera. Dijo que su auto también había bajado la velocidad y que, al no ver el accidente, se había preguntado por la causa de la demora. Tenía que llegar a tiempo. Dijo que llevaba entre las manos el boleto para emprender un largo viaje, un viaje al Oriente. Y se lo mostró en ese instante. Le mostró el boleto. Un boleto sin usar. Cuando él no llegó, eso también se lo dijo, cuando comprobó que no llegaba, que ya no llegaría más, se dio la media vuelta y regresó a su casa. No había llorado, le dijo.

También le dijo que era cursi, muy cursi, cursi de una manera extrema. Que se tomaba las cosas literalmente. Que tenía otros defectos de los que no podía hablar. Le dijo que no había tratado de averiguar nada. La curiosidad solo llegó después. Le dijo que al inicio se contentó con escuchar los rumores que intercambiaban los choferes. Captaba una que otra palabra de sus conversaciones en voz baja: cuerpo, tortura, cabeza, mano. Luego oyó las palabras que se referían al sitio: la carretera, el segundo carril, el aeropuerto. Dijo que poco a poco, sin quererlo en realidad, había formado un rompecabezas de ecos, susurros, secretos. Nada más le hacía falta la cabeza, le dijo. Porque hay una ciudad ahí. Una película. Una vida entera ahí. En la cabeza.

El anillo de jade era una joya preciada. Si se trataba en realidad de ese anillo, del anillo que aparecía en las fotografías que había conseguido por Internet, entonces estaban frente a una alhaja de gran valor. Venía de Oriente, en efecto, pero el diseñador pertenecía a dos mundos: un habitante de la metrópoli central ya por años. Las serpientes entrelazadas, sin embargo, venían de más atrás. De todo el tiempo. El motivo que desde lejos parecía únicamente amoroso era también, visto de cerca, letal. Una serpiente abría las fauces. La otra también. Frente a frente, en estado de estupor o de alerta, la circunferencia del anillo parecía tener el tamaño exacto para que los dientes, aunque mostrándose, no se tocaran. Se trataba de un círculo hecho para prevenir un daño. Para exorcizarlo.

Una serpiente frente a otra. Las bocas abiertas. Los cuerpos entrelazados. Un lecho circular bajo sus cuerpos. El inicio de una película. El inicio de una ciudad. La Detective abrió los ojos desmesuradamente frente al parabrisas. Las luces intermitentes del semáforo sobre el hombre, sobre la mujer, que yacían ajenos a todo, en otro lado. La redondez de los hombros. La apertura de los labios. El aroma a té de jazmín por entre todo eso. Uno respiraba dentro del otro. Las palabras: para siempre. Las palabras: una isla de terciopelo. Las palabras: aquí dentro todo es mío. Uno respiraba fuera del otro.

Había ido a la Lejana Ciudad Oriental para continuar con la investigación del tráfico de estupefacientes. Días antes, por un golpe de suerte, habían dado con un nombre que, de inmediato, les pareció de importancia en el caso. Cuando hubo que decidir quién emprendería el viaje, los detectives casados y los de reciente contratación la señalaron a ella como si la selección fuera obvia y natural. No tuvo alternativa. En el momento del despegue, todavía con el desasosiego que le producía el viaje y la visión del cuerpo decapitado, pensó en las muchas cosas a las que la obligaba su soltería. Viajar por el mundo, por ejemplo. Detenerse frente a cadáveres frescos. Preguntarse por la ubicación de una cabeza.

—¿Viaje de placer? —le había preguntado su compañero de asiento tratando de hacer plática.

Por toda respuesta la Detective meneó la cabeza y cerró los ojos. Placer. Hacía mucho tiempo que no hacía cosas por placer. Simple placer. Puro placer.

Hay un avión que vuela dentro de una cabeza.

—El carpetazo al asunto vino desde arriba —le susurró el Asistente mientras caminaban a su auto. Y se lo había repetido después, ya en la mesa del restaurante donde habían elegido comer ese día.

—Falta de indicios —continuó—. Ya sabes. Una ejecución más. Una de tantas.

Un hueso de pollo saliendo de su boca. Los dedos llenos de grasa. Las palabras rápidas.

—¿Y nunca encontraron ni el arma ni la cabeza?

—Nunca.

Hay un cuerpo dentro de una cabeza. Una mano de alabastro. Un anillo.

Abrió la puerta de su casa. Se quitó los zapatos. Puso agua para preparar té. Cuando finalmente se echó sobre el sillón de la sala se dio cuenta de que no solo estaba exhausta sino también triste. Algo sobre el homicidio no atendido. *Una ejecución más. Una de tantas.* Algo sobre tener que emprender un viaje a una lejana ciudad del Oriente. Algo sobre estatuas de tamaño natural destruidas por el tiempo. Miembros rotos alrededor. Algo sobre una mujer que usa dinero para comprar una cabeza dentro de la cual hay una ciudad con muchas luces y una película de dos cuerpos juntos, una respiración adversa, y un avión que despega. Algo sobre abrir la puerta y quitarse los zapatos y preparar té dentro de una casa donde una cabeza flota dentro de una cabeza.

Regresó al lugar de los hechos. Le ordenó al taxista que la esperara mientras husmeaba por entre la maleza que bordeaba el lado derecho de la carretera. El pensamiento llegó entero a su mente: busco una cabeza. Se detuvo en seco. Elevó el rostro hacia la claridad arrebatadora del cielo. Respiró profundamente. No creyó que ella fuera una mujer que buscaba una cabeza a la orilla de la carretera que iba al aeropuerto. Luego, pasados unos segundos apenas, volvió a mirar el suelo. Piedrecillas. Huellas. Desechos. Un pedazo de tela. Una lata oxidada. Una etiqueta. Plásticos. Colillas de cigarro. Tocó algunas cosas. A la mayoría solo las vio de lejos. Se trataba, efectivamente, de una mujer que buscaba una cabeza a la orilla de una carretera. Pronto se convenció de que el crimen no había ocurrido ahí. Aquí. Pronto supo que esto solo era una escena que reflejaba lo ocurrido en otro sitio. Un sitio lejano. Un sitio tan lejano como el Oriente.

Perder la cabeza. El hombre lo había hecho. Perder todo lo que tenía dentro de la cabeza: una ciudad, una película, una vida, un anillo. Lo que él había perdido, ahora lo ganaba ella: la conexión que iba entre las luces de la ciudad y las luces de la película y las luces de la vida y las luces del anillo. Toda esa luminosidad sobre un lecho circular. La Detective lo vio todo de súbito otra vez, cegada por el momento. Acaso un sueño; con toda seguridad una alucinación. Ahí estaba de nueva cuenta la imbricación de los cuerpos. La malsana lentitud con que la yema del dedo índice resbalaba por la piel del vientre, el enramaje del pubis, la punta de los labios. El espasmo posterior. Ahí estaba ahora la mano que empuñaba, con toda decisión, el largo cabello femenino. Una brida. Los gemidos de dolor. Los gemidos de placer. Puro placer. Simple placer. La Detective se preguntó, muchas veces, si habría valido la pena eso. Esto: el estallido de la respiración, los ojos en blanco, el crujir del esqueleto. La Detective no pudo saber si el hombre, de estar vivo ahora, correría el riesgo de nuevo.

Hay placer, puro placer, simple placer, dentro de una cabeza.

La mujer no era hermosa, pero sí elegante. Había un velo entre ella y el mundo que producía tensión alrededor. Algo duro. Su manera de caminar. La forma en que levantaba la mano para mostrar, con indolencia, con algo parecido al inicio del aburrimiento, ese anillo. Una promesa. Eso había dicho: una promesa. Una promesa dada y ofrecida. La Detective la visitaba para darle malas noticias: ningún dato, ningún hallazgo, ninguna información. El hombre, cuyo nombre no se atrevía a pronunciar, había desaparecido sin dejar rastro alguno. Ya no podía más. No podía seguir manoseando periódicos viejos ni archivos ni documentos. No podía merodear por más días la escena de la escena de un crimen cometido lejos. No aguantaba más. Se lo decía todo así, de golpe, atropelladamente. No puedo seguir investigando su caso.

La Mujer del Anillo de Jade sonrió apenas. Le ofreció un té helado. La invitó a sentarse sobre el mullido sillón de su sala de estar. Luego abrió una puerta por la que entró una mujer muy pequeña que se hincó frente a ella y, sin mirarla a los ojos, le quitó los zapatos con iguales dosis de destreza y suavidad. Desapareció entonces y volvió a aparecer con un pequeño taburete forrado de terciopelo rojo y una palangana blanca, llena de agua caliente, de la que brotaban aromas a hierbas. Con movimientos delicados le ayudó a introducir sus pies desnudos en ella. El placer más básico. Simple placer. Puro placer. Un gemido apenas. El espasmo. La Mujer Pequeña colocó entonces una de sus extremidades sobre el taburete, entre sus propias piernas semiabiertas. Mientras masajeaba la planta de sus pies, la yema del dedo pulgar sobre la cabeza de los metatarsianos, el resto de los dedos sobre el empeine, la Mujer del Anillo de Jade guardó silencio. Y así se mantuvo cuando las diminutas manos de la masajista trabajaban los costados del pie en forma ascendente y cuando, minutos después, cogía el tendón de Aquiles con los dedos pulgar e índice y lo masajeaba en la misma dirección, firmemente. La mano abierta sobre el empeine, luego. Y, más tarde, en un tiempo que empezaba a no reconocer más, mientras la mujer sujetaba con la mano izquierda su rodilla, doblando suavemente la pierna sobre el muslo, la Detective tuvo unos deseos inmensos de gritar. El dolor la obligó a abrir los ojos que, hasta ese momento, había mantenido cerrados. Abrió los labios. Exhaló. Ahí, frente a ella, suspendida en el aire, estaba la mano de la Mujer del Anillo de Jade que le extendía, justo en ese instante, los billetes prometidos.

—Buen trabajo —la felicitó.

La Detective agachó la cabeza pero elevó la mirada. Los codos sobre las rodillas, los billetes en la mano, y los pies en el agua tibia, aromática. Una imagen extraña. Una imagen fuera de lugar. La corrupción de los sentidos.

Siempre quise un anillo así. Todavía lo quiero.

Estar a mano

Había visto una mano colgando de otra mano alguna vez, en una fotografía histórica. Se trataba del gobernador de una provincia lejana que, con un grueso habano entre los labios, mostraba una mano a la lente de la cámara como si se tratara de un pez recién extraído del agua. Sujeta con una cuerda alrededor de la muñeca de bordes irregulares y sangrantes, la mano extirpada pendía en el aire. La sensación de una ráfaga en su entorno. "Guerra contra los indios", podía leerse al pie de la foto, en el angosto espacio blanco que enmarcaba la imagen bicolor. Nunca supo quién escribió el título, pero sí notó que los trazos, que eran pequeños, parecían estar ahí, sobre el papel brillante, con los altibajos que solo pueden brindar la duda o la vergüenza.

Eso sintió, sintió duda o vergüenza, cuando testificó la lenta aproximación del Hombre del Paraje del Fin del Mundo. Esperaba frente a un semáforo en rojo en las orillas de la ciudad. La hierba: amarilla de lo seca. El cielo azul. Las torres eléctricas. Solía pensar que se encontraba en el fin del mundo cuando se detenía en ese lugar. El olor de las refinerías. Los cables de alto voltaje. Le llamó la atención su irrupción súbita en el paisaje y su paso, que era regular. Luego, conforme la fue distinguiendo, le intrigó la expresión de su rostro. El hombre caminaba sobre la hierba seca sin prisa, en sentido contrario al flujo de los vehículos, una composición beatífica entre ojos y labios. No fue sino hasta que pasó junto al auto que tuvo la primera duda: ¿de verdad ese hombre llevaba una mano colgando de su mano derecha? Se volvió a ver por el espejo retrovisor y aguardó a que apareciera ahí la imagen de su espalda. No le cupo la menor duda: una mano colgaba de la mano derecha. Las gotas de sangre. El cielo, límpido. El semáforo en verde.

La Detective subió el cuello de su blusa y el cierre de su chamarra. Introdujo luego las manos en los bolsillos y se encorvó para enfrentar así las ráfagas del viento. Las tolvaneras la ponían nerviosa, de mal humor. Le molestaba masticar el polvo que se depositaba entre las muelas y ver el color cenizo de su cabello después de cualquier caminata. Las pestañas albinas. Solía imaginar escenas de desastre bajo su influjo: casas sin techo, bosques sin árboles, torres de polvo en medio de las calles. Lo que su imaginación no llegó a concebir antes, pero que desde el inicio asoció al tiempo de las tolvaneras, fue el muñón de la mujer joven que llegó a su oficina una mañana de jueves.

—¿Qué? —le había preguntado con sorna, sin profesionalismo alguno, cuando, al virar el torso, la vio detenida bajo el dintel de la puerta sin atreverse a abrir la boca—. ¿Te pidieron la mano literalmente?

La respuesta de la joven la obligó a detenerse primero, con un oficio blanco en cada mano, y a darse la vuelta después. Incrédula. Asombrada.

—Sí —asintió en voz muy baja, agachando la vista—. Así fue.

La Detective le pidió entonces que se aproximara y, con gestos, también le pidió que extendiera su brazo derecho.

—Un corte muy limpio —murmuró sin despegar la mirada del muñón, tocando sus bordes—. ¿Un cirujano? —preguntó cuando al fin encontró sus ojos.

—Un carnicero —respondió ella—. Un especialista en cortes de carne —se corrigió después.

Fue entonces que la Detective pasó al otro lado del escritorio y, en absoluto silencio, con la espalda recta sobre el respaldo de su silla, abrió el archivo en su computadora: la pantalla en blanco, el cursor temblando. Pedir la mano, escribió. Se volvió a verla: una joven de aproximadamente veintitrés años, cabellos color miel, esqueleto frágil. Ojos desmesuradamente abiertos. ¿En qué consiste en realidad eso, pedir una mano? ¿En qué consiste el concederla?

La secuencia entera del Hombre del Paraje del Fin del Mundo apareció frente a sus ojos cuando la joven entró a la taberna y, con la mano derecha dentro de los bolsillos cuadrados del delantal, cuchicheó algo en el oído del dueño.

—No, yo no sé nada de eso —carraspeó el hombre y luego, más por compasión que por ganas, escondiéndole los ojos, la conminó a tomar algo—. Te hará bien un licor ligero —le dijo.

Ella se sentó a la barra, de espalda a los asiduos del lugar. En el espejo biselado frente al cual se alineaban botellas de distintos colores y etiquetas se reflejaba parte de su rostro. Una nariz estrecha. La piel ajada. El cabello color miel. Una frente por la que atravesaban arrugas verticales y horizontales con cierta gracia y con cierta urgencia también. Cuando utilizó la mano izquierda para tomar el vaso que le ofrecía el mesero no tuvo duda alguna al respecto: la joven no era zurda. La lentitud. La torpeza. Trató de ver entre los pliegues del delantal para comprobar desde lejos que no había una mano derecha en el bolsillo, pero el esfuerzo fue vano. Inmóvil en su asiento giratorio, la mujer se encorvaba sobre su bebida, viéndola con insistencia.

—¿Te preguntas si algún día la hallarás? —interrogó en voz baja segundos después de sentarse a su lado. Ella se volvió a verlo y, de inmediato, siguiendo la mirada masculina, bajó la vista hasta llegar a su regazo. Era imposible distinguir si lo que se ocultaba en el bolsillo del delantal era papel arrugado o una extremidad—. La mano —dijo después, con naturalidad—. Oí que le preguntaste algo sobre la mano.

Ella se sonrió mientras se acercaba, con la mano izquierda, el vaso de licor a los labios.

—Eso no pudiste haberlo escuchado tú —aseguró después, mirándolo a los ojos.

—Soy todo oídos —dijo él por toda respuesta, señalándose ambas orejas. Sonriendo. Ella lo estudió con cautela. Estudió su rostro y estudió el aroma que emanaba de su cuerpo. Estudió sus manos finas, llenas de pecas diminutas. Uñas cortas. Estudió la manera como colgaba del asiento giratorio: alguien está a punto de caer. Fue entonces que sacó el muñón del bolsillo de su delantal.

—Busco a quien se la llevó —mencionó, sucinta. El hombre vio la mano que no estaba y, luego, de inmediato, volvió a mirar el rostro de la mujer. El nacimiento del cabello en la parte superior de la frente. Los pómulos altos.

—¿Te quieres vengar? —preguntó, esperando escuchar una historia truculenta, provocándola.

—No lo sé —susurró ella después de cavilarlo un buen rato—. Por ahora solo quiero mi mano. Quiero saber dónde está.

Los dos levantaron sus vasos al mismo tiempo sin ponerse de acuerdo y la coincidencia los hizo sonreír. El viento allá afuera: el polvo azotando los ventanales: las ramas de los árboles.

—¿Y ya tienes en dónde vivir en la ciudad? —le preguntó él al depositar el vaso sobre la barra. El golpe de algo sólido contra algo sólido. Esa clase de eco.

Solía recibir invitaciones de ese tipo a menudo, con gran facilidad, y solía aceptarlas de la misma manera, como si las hubiera estado esperando desde tiempo atrás. No la conminaba la confianza, sino la curiosidad. Quería saber cómo era el interior de sus casas, la dimensión de sus camas, la textura de sus cuerpos. Quería saber a qué olían, cómo tocaban, con qué palabra la despertarían. Frente a los espejos de sus baños o sobre las superficies reflejantes de sus mesas, se preguntaba cuál sería su próximo movimiento, de qué manera virarían la cabeza, qué harían cuando sintieran ternura o vergüenza. Cada invitación era en realidad una puerta; cada aceptación era, más que un descubrimiento, la posibilidad de rasgar un velo. Con sus preguntas a destiempo, sus gestos entre agresivos y formales, sus mismas ganas de saber, el Hombre de la Taberna terminó provocándole ese arrugar de ojos de quien mira hacia el horizonte bajo la luz de la resolana. Ese tipo de curiosidad.

—¿Me estás invitando a ir a tu casa? —le preguntó a su vez, mirándolo sin pestañear.

—Sí —dijo él, cabizbajo—. Supongo que así es.

—¿Por qué nos tocan siempre estos casos? —se quejó el Joven Policía cuando leyó el inicio del expediente—. A una mujer joven le piden la mano, literalmente. Ella la entrega. El hombre corta la mano y se la lleva. ¿Qué nos toca hacer? ¿Encontrar la mano y detener a un hombre a quien, por cierto, mira que tú misma has escrito esto, le han entregado una mano voluntariamente? ¿Dónde está el crimen en todo esto?

La Detective lo escuchó sin chistar, observando con algo de gusto y otro tanto de fascinación el ir y venir de sus pasos en el minúsculo espacio de la oficina. Traía los pantalones de siempre: negros y ajustados a los muslos. Calzaba los mismos zapatos oscuros, recién boleados. La camisa blanca. Una pulsera de tela amarilla alrededor de la muñeca derecha llamó su atención.

—Supongo que el crimen —dijo al final de su perorata, poniéndose de pie sin dejar su lugar detrás del escritorio— reside en el uso, acaso intencionalmente impreciso, de la literalidad, ¿no te parece? Míralo así. Una mujer, joven y bonita si me permites añadir, entiende metafóricamente una petición que ha sido planteada, sin que ella lo sepa así, de manera literal.

—Pero eso es un malentendido, no un crimen —insistió él, vehemente, interrumpiéndola.

—Pero alguien aquí perdió una mano —susurró la Detective, sin impaciencia alguna. Más para sí misma que para él.

El ruido de la tolvanera los obligó a volver la mirada al techo. Luego se vieron el uno al otro con los ojos apagados y cenizos, como si hubieran estado allá afuera.

—Sí —tuvo que ceder el Joven Ayudante mientras analizaba la fotografía del muñón—. A alguien aquí se la arrancaron.

Al criminal lo llamaron desde el inicio, por falta de apelativo más preciso, el Extirpador.

Lo primero que hizo al llegar a su casa, ya cuando estaban sentados uno al lado del otro sobre el sillón de la sala, fue besar el muñón. Lo había tomado entre sus manos como si se tratara de un ave, un animal pequeño en todo caso, y luego, sin pensarlo demasiado, lo había aproximado a sus labios. El escalofrío del contacto. Un súbito momento de trepidación. Ella lo dejó hacer, pero no lo dejó de mirar. Daba la impresión de estar presenciando un espectáculo ajeno, una diminuta escena de teatro desde dentro de un palco. Ahí, dentro del palco estaba un hombre y estaba una mujer. Los ojos encendidos. El sonido dramático a lo lejos. Un aria. El hombre introducía con discreción su mano bajo la

puesto muy bajo en la jerarquía de importancia del Departamento de Investigación de Homicidios. Tanto la Detective como el Ayudante solían hacer esfuerzos por cerrar a la brevedad los casos que, como el que les competía en esa ocasión, llamaban la atención de los medios de comunicación. El frenesí de la curiosidad. El fisgoneo constante. La evaluación imprudente de la población. Detestaban todo eso. Por eso habían decidido ir los dos, en persona y prontamente, a obtener los datos requeridos para cerrar el expediente.

No esperaban que el Administrador del lugar los aguardara con la mesa puesta, ni que su entusiasmo por la carta les hiciera olvidar casi de inmediato el motivo de su visita a ese lugar modesto, ubicado en una de las zonas industriales de la ciudad que, sin embargo, ofrecía en su carta platillos exóticos y complejos. Filetes de cocodrilo. Cocido de jabalí. Pinchos de búfalo y avestruz. No esperaban toparse con esa silueta, esbelta y atlética, elegante del todo, enfundada en un traje de perfecto casimir azul, corbata negra. No esperaban tomar asiento, los codos bajo el borde de la mesa, y cerrar los ojos ante el aroma ascendente de la sopa, ni estaban preparados para la voracidad que les surgió de la nada al empezar a masticar. No esperaban el silencioso servicio de los meseros: un hombre alto y negro, una mujer esbelta y de ojos rasgados, que se adelantaban, apenas por segundos, a deseos que no alcanzaban a expresar. Pronto se descubrieron dejando el tema de la desaparición del Chef atrás y adentrándose con dosis crecientes de asombro e interés en el corazón del África desde donde, al decir del Administrador, procedía la mayor parte de la carne que consumían con un placer intenso.

—El corazón de la oscuridad —murmuró mientras el tenedor se clavaba sobre un pequeño pedazo de filete. Luego elevó la vista y, como si lo hubieran sorprendido en un momento de gran intimidad, les obsequió una sonrisa entre tímida y resignada—. Han de haber leído la novela

—mencionó después de masticar repetidas veces su bocado y deglutirlo—. Un clásico sin duda —continuó mientras elevaba la copa con la mano derecha y la dejaba suspendida ahí, en el centro de todo—. Conrad —susurró al final.

La Detective no pudo dejar de notar que la espalda del hombre del traje impecable se erguía paralela al respaldo de la silla. Estrictas líneas verticales. Tampoco pudo dejar de ver la suave piel de las manos, sus uñas recortadas. El reloj de pulsera. Los ojos, soñadores. Las paredes del restaurante, se dio cuenta en ese instante, estaban recubiertas por una tela antigua: un verde añejo con elaborados diseños en oro que le daban al espacio un rancio aire aristocrático. Algo fuera del tiempo. La pátina del tenedor que sostenía en la mano derecha era de objeto usado y querido. Más que un instrumento, una verdadera posesión. Las sillas tenían un peso descomunal. No se trataba, de eso no le quedó la menor duda a la Detective, del espacio impostadamente cálido de un comedor público, sino del espacio íntimo y hermético donde solo se congregan los conocidos. Gente de confianza. Los iguales.

—¿Sabía —preguntó entonces dirigiéndose exclusivamente a ella— que la versión original de *Corazón de las tinieblas* se publicó en 1899 pero no como libro sino en una revista llamada *Blackwood,* en los números de febrero, marzo y abril? —el Ayudante la miró entonces, un pedazo de carne entre las muelas inmóviles, esperando su respuesta con una ansiedad de la que el Administrador estaba exento. Ojos como lianas. Gritos de auxilio. Una selva interior.

—Hay un pasaje sobre el hambre, ¿verdad?, al inicio —murmuró ella, bajando la vista, colocando los dedos de la mano derecha sobre la base plateada del tenedor—. Ningún miedo se compara al hambre, ¿no es cierto? Ninguna paciencia, ninguna incomodidad. Para luchar contra el hambre propiamente un hombre tiene que usar toda la fuerza con la que nació —levantó la mirada entonces, se llevó otro pedazo de carne a la boca y, viéndolo a los ojos, masticó.

—Es una reflexión sobre el canibalismo, si mal no recuerdo —atajó él. Suave la voz. Tersa la piel de las mejillas. Diestras las manos alrededor del cuchillo y del tenedor.

—Así es —confirmó ella, deglutiendo.

La mano de la esbelta mujer de ojos rasgados apareció entonces sobre la mesa, alrededor del asa de una jarra, su cuerpo oscurecido gracias al efecto de la iluminación del restaurante. El sonido del líquido cuando choca contra la superficie del cristal. El sonido de la jarra cuando regresa a su posición sobre la mesa. El sonido de las copas, al chocar. El sonido de la respiración que acecha, presta a satisfacer deseos todavía inexpresados, alrededor de la mesa, en el otro lado de la oscuridad.

—Tan actual ahora como entonces, ¿no le parece? —continuó el Administrador, elevando los ojos hacia el inmenso cielo azul en que, justo en ese momento, se convirtió el techo del restaurante. Los árboles, inmemoriales. El aire tan denso como la carne. El blanco del marfil. El blanco de los ojos. El pálpito de los depredadores. La soga alrededor del cuello de los cautivos.

Las mandíbulas de la Detective se detuvieron entonces. Había, en el rostro moreno del Administrador, en su piel humectada y sus brillantes cabellos relamidos, un gesto que la puso en estado de alerta.

—Nadie como Celan, sin embargo, entendió tan bien el dolor —dijo el Administrador en una voz que parecía llegar justo entonces de un largo viaje. En un mapa, ese lugar habría sido señalado por un espacio en blanco. Nada había precedido a la frase y nada, excepto el ruido de los cubiertos y de la masticación, la sucedió. La Detective y el Ayudante se miraron de reojo, con ganas de salir corriendo, pero se quedaron inmóviles sobre sus asientos. El Administrador miraba algo a lo lejos, en su interior. Un punto ciego. La Detective se preguntó si el Chef estaría en ese mismo instante caminando en alguna colina de África, colocando cerrojos en cadenas enmohecidas alrededor de tobillos o muñecas.

—Celan —repitió el Ayudante cuando se dio cuenta de que la Detective no formaba parte ya de la conversación—. ¿Le gusta Celan?

Y, por toda respuesta, el Administrador se incorporó, buscó algo detrás de la barra, y regresó con un libro profusamente subrayado, abierto. Se notaba que tenía muchos días sin conversar.

> Años,
> años, años, un dedo,
> palpa abajo, arriba,
> palpa alrededor:
> suturas palpables, aquí
> se abren, aquí
> cicatrizan de nuevo —¿quién
> las cubrió?

Un hombre joven, de largos cabellos rubios, lee en voz alta un poema. El poema está escrito a mano, sobre una pequeña hoja de papel blanco. Cuando termina, en el silencio que sucede a la lectura, el hombre inclina la cabeza. Enciende un cerillo. Quema el papel.

Una mujer observa todo esto desde cerca, al pie del montículo. Una mujer observa el fuego. Huele su sudor. Un pañuelo.

Un framboyán a lo lejos. Mucho tiempo alrededor.

Cauterizar. Pronunció repetidamente esa palabra mientras observaba su esbelto cuerpo desnudo, sus costillas, los codos, el muñón. La línea del nacimiento del cabello. ¿Cómo hizo el carnicero para evitar la hemorragia? Tuvo ganas de sacudirla para que, despierta, le contestara todas sus preguntas, pero al final se decidió a acomodar su cabeza sobre la almohada y a cubrir su cuerpo con una sábana. Tuvo, por un instante, la desagradable sensación de que se despedía de ella, para siempre. Acaso por eso se aproximó con cautela a su nariz, fingiendo que le daría un beso en la frente.

—La herida debió cauterizar rápido —se dijo por toda explicación. Luego apagó la luz y, dándole la espalda, se aovilló sobre el lado izquierdo de la cama.

—Lo hizo mientras dormía —susurró ella un rato después—. Mientras yo dormía —aclaró—. Lo hizo con anestesia.

Y el Hombre de la Taberna entonces abrió los ojos: las pegajosas gotas de sudor sobre su torso, la sensación de asfixia que lo obligó a separar los labios y aspirar, con una fuerza descomunal, el aire de la noche. El ruido cansino de la tolvanera. ¿Es esto el deseo?, se preguntó. Temió. Sin cambiar de posición estiró el brazo sobre el colchón, tanteando. Luego se dio la vuelta y lo constató: la mujer no estaba en su lecho. ¿Es esto el deseo?, se contestó. Cuando finalmente pudo incorporarse no encendió las luces. Avanzó con cautela por la habitación y, de la misma manera, como si temiera asustar fantasmas, descendió por las escaleras. El frío bajo las plantas de los pies. La rugosidad de la pared bajo las yemas de los dedos. ¿En cuánto tiempo puede, en verdad, bajarse una escalera? Cabía todo el tiempo ahí, en el palpitar de sus sienes y de su pecho. Siglos enteros. La eternidad. Recorrió la cocina y la sala y abrió la puerta de entrada para comprobar que la mujer tampoco se encontraba ahí. El polvo nocturno empañaba la luz lunar. ¿Existía, de verdad, la luna? Alguna vez. En otro mundo. Estupefacto, sin poder reaccionar, emprendió el camino de regreso: subió la escalera. El palpitar. Un paso y otro y, en conjunto, los pasos. La velocidad. Una pregunta es a veces un palpitar. Alcanzó el último tramo de las escaleras, abrió la última puerta y, cuando vio su silueta recargada sobre el barandal de la azotea, volvió a respirar.

—Te buscaba —murmuró, aproximándose. La mano, fuera de sí, intentaba alcanzar el borde del otro cuerpo. Abajo: las copas de los árboles sacudidos por las ráfagas de la madrugada. El ruido estrepitoso de las ramas. El polvo sobre las muelas. Cuando logró encararla se dio cuenta de que la mujer dormía con los ojos abiertos. Se dio cuenta de que había retozado con una sonámbula.

Siempre le habían agradado sus manos. Esbeltas, de dedos largos, sus manos solían recibir elogios: manos de pianista, manos de princesa, manos de hada madrina. Eran las únicas partes de su cuerpo que cuidaba con esmero, manteniéndolas limpias y sobándolas con una crema olorosa a almendras dos o tres veces al día. Le complacía que las yemas de los dedos no fueran puntiagudas y que las uñas, pequeñas y cuadradas, tuvieran un suave rosa natural que denotaba salud o calma. Cortaba sus cutículas. Le intrigaban las líneas de sus palmas, sus distintos montes, los vellos que, sobre su dorso, se volvían dorados. Solía colocarlas frente a sus ojos. Solía observarlas de reojo a veces, al hablar. La Detective sobó su mano derecha dentro de la izquierda y, luego, repitió el movimiento con la izquierda dentro de la derecha. Tenía frío o prisa. Cuando terminó, justo antes de lanzarse contra la tolvanera que borraba la realidad a su paso, introdujo las manos en los bolsillos de su chamarra y agachó la cabeza.

Una mujer contra el vendaval.

Trató de recordar la escena en todo detalle y de describirla con fidelidad. Cuando recibió la llamada que lo conminaba a atender una cita con la Detective en las oficinas del Departamento de Investigación de Homicidios pensó que su tarea sería sencilla. Había estado ahí, bajo el semáforo. Lo había visto avanzar por el camellón con la expresión beatífica en el rostro y la mano, la mano de otro, la mano de otra, colgando de su mano derecha. Guardó silencio mientras buscaba la mejor manera de iniciar su relato. En un par de ocasiones giró la cabeza lentamente de izquierda a derecha y, luego, de derecha a izquierda, dándose por vencido antes de comenzar. Abrió la boca. La cerró. Los ojos abiertos de la Detective lo obligaron a hablar sin tener una noción cierta del verdadero origen. El verdadero comienzo.

—Fue días antes de encontrarla en la Taberna —murmuró—. Estaba detenido frente a un semáforo —dijo—. Bajo un semáforo —se corrigió—. Él venía en sentido contrario al tráfico, sobre el camellón —carraspeó un poco, se arremolinó nervioso sobre el asiento, la observó otra vez—. Es un paisaje que siempre me hace pensar en el fin del mundo —parpadeó, incierto sobre la pertinencia de un comentario tan subjetivo en una descripción que se quería puntual y señera—. Un paisaje que me hace pensar que me encuentro en el Fin del Mundo, quiero decir.

La Detective no se inmutó. Tomaba notas de vez en cuando en una pequeña libreta de hojas amarillas, pero la expresión de su rostro no reflejaba ni cansancio ni sorpresa ni hastío. Ubicó mentalmente el sitio al que se refería su Informante y, casi de inmediato, estuvo de acuerdo con él: ese sitio parecía en efecto el fin del mundo. El pasto seco. Las torres eléctricas. Los sembradíos de maíz y las losas de concreto, confundidas. Los perros solos. No le dijo que estaba de acuerdo con él, pero saber que ese era el caso la puso de buen humor. Se puede hablar, desde luego, con tan poca gente. Se puede coincidir todavía menos.

—¿Y no registró nada más? —preguntó cuando él hubo callado—. ¿Se subió a algún coche? ¿Viró hacia alguna calle en particular? ¿Habló con alguien más? —añadió cuando el hombre se volvió a verla con expresión confundida, sin saber a ciencia cierta hacia dónde avanzar.

—El semáforo en verde —dijo por toda explicación—. Seguí adelante.

La Detective se inclinó hacia él, observándolo. Luego, sin motivo aparente, bajó la vista y recargó de nueva cuenta su espalda en el respaldo de la silla.

—Y usted no es un hombre que mire hacia atrás —murmuró, sin pensarlo.

En el silencio incómodo que surgió entre los dos aparecieron los sonidos de la vida cotidiana: los pasos, los murmullos, los azotes del viento. La Detective registró la sonrisa que estuvo a punto de explotarle en el rostro pero que logró contener, y registró, también, la manera errática en que se incorporó de su silla y se dirigió, dubitativo, hacia la puerta de salida. Un hombre ebrio. Un hombre a punto de caer de una cuerda floja. Un hombre que rememora.

—No lo había pensado así —dijo cuando, antes de pasar bajo el umbral de la puerta, se dio la vuelta—. Nunca lo había visto así.

—¿Qué? —preguntó ella, súbitamente interesada.

—El hombre que no mira hacia atrás —repitió él, hipnotizado. La mano derecha alrededor de la perilla de la puerta. El cierre abierto de su chaqueta.

—Ah, eso —concluyó ella.

Almorzaban juntos a menudo en cafeterías cercanas y restaurantes de comida rápida. Se llevaban los alimentos a la boca mientras pensaban en asesinos y lágrimas. Masticaban poco. Deglutían aprisa.

—Esto no sabe como la comida en el restaurante del amante de Celan, ¿verdad? —el Asistente le mostraba una pieza de pollo frita justo antes de introducirla en su boca de labios rosas y grasientos.

—¿Crees que haya sido capaz de comérsela? —preguntó la Detective antes de morder un pedazo de muslo—. La mano —añadió luego, previniendo cualquier malentendido—. La mano de la mujer.

El Asistente dejó de masticar. Colocó la pechuga sobre el plato y se limpió concienzudamente las manos con una servilleta de papel. Arte abstracto.

—¿Cómo puedes preguntar algo así justo en este momento? —dijo, exasperado—. Típico en ti. ¿Qué no te das cuenta de que…? —se interrumpió. La vio con cuidado. Tenía el rostro que le conocía bien: dentro de sí misma, ajena a cualquier lugar, absorta. Algo inevitable. Un destino. Viró la cabeza de derecha a izquierda y luego, con una sonrisa en la boca, resignado ya, volvió a colocar la pieza de pollo frente a sus labios.

—¿Por qué se comería alguien algo así? —continuó la Detective sin reparar apenas en el cambio de humor del Asistente, perdida en un continente oscuro. Su corazón.

—Para no dejarla ir, por supuesto —dijo él, de inmediato—. Para hacerla suya, como dicen en las novelas sentimentales. Para llevarla dentro.

La Detective dejó de masticar y lo vio entonces, sin mover la cabeza, con una mezcla de orgullo y asombro en el rabillo del ojo. Se limpió los labios. Colocó los antebrazos sobre el borde de la mesa.

—Un hombre enamorado —enunció las palabras lentamente, una cortina que se eleva—, ¿te lo imaginas así?

El Asistente titubeó. Supuso que la pregunta, en apariencia directa, era en realidad un laberinto. Se preguntó qué le preguntaba en verdad. Y guardó silencio mientras rasgaba un pequeño sobre y vertía, con suma lentitud, unos grumos color blanco sobre el café humeante.

—Lee esto en voz alta, ¿quieres? —la Detective le extendió un papel cuadriculado con palabras escritas a lápiz.

Oí decir que en el agua
hay una piedra y un círculo
y sobre el agua una palabra,
que pone el círculo en torno a la piedra.

Un hombre joven, de largos cabellos rubios, lee en voz alta un poema. Cuando termina, cuando la lectura concluye, la ve. Luego extrae un cerillo de entre sus ropas y quema el papel. Baja la vista. Las cenizas yacen trémulas en un cenicero de metal. Antes de que pueda elevar la mirada, una ráfaga de viento esparce las cenizas entre los espectadores. Una mujer cierra la boca: polvo y cenizas sobre las muelas. El ruido de la trituración. El ruido del viento cuando pasa a través de las hojas del framboyán. El ruido del tiempo. Un pañuelo. La incorporación a sí.

Entraron en su casa una mañana de domingo, momentos después de conseguir el documento oficial que los autorizaba a franquear las puertas de su espacio privado. No había nadie dentro, tal como lo esperaban. Si había habido servidumbre doméstica, como le había informado la Manca en una de sus conversaciones primeras, todos ellos habían desaparecido. La Detective se aproximó a los gruesos cortinajes de damasco y se detuvo, luego, bajo la bóveda que coronaba el vestíbulo. No pudo evitar preguntarse entonces si los hombres acaudalados que parten hacia rumbos desconocidos, aparentemente sin plan previo alguno y con una mano ajena entre las propias manos, tendrían el tiempo o la consideración de firmar los cheques requeridos para cubrir la liquidación por despido injustificado antes de desaparecer.

—Eso lo hace un administrador —le informó en voz baja el Asistente con un tono irónico en la voz—. Los caníbales elegantes no tienen por qué preocuparse por eso.

Avanzaron por los pasillos interiores hasta dar con la cocina y, luego de un breve recorrido, decidieron subir al segundo piso, buscando su recámara. Todo lo que pasaba frente a sus ojos confirmaba el relato de la Manca: una habitación amplia, con pisos de madera, decorada por un experto a quien no se le había pasado, incluso, añadir el toque personal del dueño: fotografías de sus viajes por zonas exóticas del planeta. Imágenes de África en marcos de marfil. Siluetas de la selva. El color verde en todos lados.

Se dirigieron a la puerta del ropero porque la Manca les había dicho que, detrás de la lujosa madera labrada, un poco más allá de sus equidistantes perillas de metal, empezaba el verdadero territorio del Extirpador: un estudio que bien podría ser un laboratorio. La cámara secreta. El Cuarto de Atrás. Ahí, bajo la luz oblicua que se trasminaba apenas por altos ventanales en forma de estrecho rectángulo, el hombre a quien el Asistente había podido imaginar como un hombre enamorado, confeccionaba complicados menús que luego fotografiaba, preparados ya, sobre mesas cubiertas de manteles bicolores y vajillas delicadísimas. Ahí, eso lo supieron nada más al inspeccionar la ordenada mesa de trabajo, el Extirpador elaboraba las largas listas de los ingredientes que necesitaría para su próximo menú. Ahí soñaba. Ahí se perdía él dentro de él mismo, en el centro de su propio corazón. Todo esto bajo la influencia de una música serena y sosegada que empezó a brotar de algún lado tan pronto como pusieron pie dentro de la habitación.

—En algún momento —susurró la Detective mientras leía una de las listas de ingredientes— sintió que la perdía —se volvió a ver al Asistente y, atajándolo, le mostró el borrador de un nuevo menú— y empezó a fraguar una comida inolvidable.

La Detective dejó la hoja de papel en manos del Asistente y se dirigió hacia los ventanales: afuera el polvo formaba figuras gigantescas alrededor de las ramas de los árboles, dificultando su visión. El mundo, como desde hacía un par de meses, se escondía detrás de una cortina de remolinos y tolvaneras que, además, susurraban tonadas tristes, tonadas desahuciadas, dentro de las orejas de los vivos. Todo era difícil: avanzar, ver, respirar.

—Pero ¿habrá sido así? —se preguntó en voz alta el Asistente—. Después de todo la mujer todavía lleva la sortija de compromiso en la mano izquierda —recordó el dato en ese momento y, en ese momento, se le encendió la mirada.

—Un diamante muy fino —confirmó la Detective todavía de frente al quehacer de la tolvanera—. Sí.

Le dijo que era una mujer extraña. Demasiado insegura para ser tan bonita. Utilizó los dos vocablos sin ninguna clase de duda: insegura, bonita. El tercero fue: pobre. Se le notaba que lo era; que lo había sido. Comía con hambre. No dejaba nada en su plato. Sabía decir gracias y por favor sin ningún eco de falsedad en la voz. Caminaba por la casa como si se tratara de un museo cuyas piezas le estaba prohibido tocar. Usaba amplias faldas de percal.

—Daba la impresión de que venía del campo —dijo la excocinera con una mirada entre soñadora y aburrida—. De que acababa de llegar del campo. ¿Me entiende? —mencionó después, con algo de dificultad, investigando algo misterioso en las palmas de sus propias manos.

—No, no la entiendo —la azuzó la Detective.

—Quiero decir que ese parecía ser más bien su trabajo.

—¿El sexo?

—Sí.

—¡Ah! —exclamó sin entusiasmo, como si todo estuviera cayendo en su lugar.

Cuando ya la mujer se había puesto de pie y tenía ya la mano alrededor de la perilla de la puerta de su oficina, la Detective no pudo dejar de preguntarle por su liquidación.

—Muy generosa —le había dicho con naturalidad—. Muy oportuna también.

El jardinero le dijo que la veía poco y siempre a través de las ventanas. Le quedaba claro que esa mujer tan joven era de la ciudad, tal vez de una de las barriadas de las afueras, pero nunca del campo. Su figura delgada, casi enfermiza, parecía levitar más que caminar. Así de ligera. De repente, sin aviso alguno, aparecía entre los cortinajes, viendo sin ser vista. Parecía espiarlo todo. Nunca la vio tocar una flor ni le escuchó un solo comentario sobre el jardín que lograba mantener verde y florido a pesar de las tolvaneras. Nunca le dio confianza.

—¿Es necesario que le hable sobre mi liquidación? —le preguntó cuando la Detective tocó el tema.

—No —dijo ella—. No es necesario.

El hombre estrechó su mano entonces y partió.

El Asistente se estremeció, no pudo evitarlo. Pasó poco tiempo entre la noche en que escuchó los versos de Celan en la voz del Administrador y su propia lectura enfebrecida de los mismos. Buscaba pistas, al inicio. Luego siguió leyendo sin pensar en nada más. Como todo lector recién converso, buscó datos adicionales en enciclopedias y pantallas. Leyó notas biográficas. Fue así que dio con el otro nombre, el nombre de la mujer, y fue así que se estremeció. Ingeborg Bachman. Estuvo a punto de levantar el auricular para decirle a la Detective que Celan, ese poeta al que tanto ella como el Administrador del Restaurante parecían reverenciar, había cometido la muy terrestre trasgresión de la infidelidad. Quería decirle que Celan tenía un cuerpo y que ese cuerpo tenía deseos y que todo eso junto era real. Quería, como siempre a ciertas horas de la tarde, justo antes de ir a recostarse sobre su estrecha cama gemela, demostrarle su valía, su propia profundidad. Pero se contuvo. Imaginó la respuesta, expedita, letal, de la Detective: "¿Y eso cómo nos ayudará en el caso?". Y prefirió, entonces, imaginar el lecho de llamas en que pereció Bachman. Prefirió ver, a través del tiempo, esa noche romana que se llenó, poco a poco, con las cenizas de sus cabellos, sus uñas, sus manos, su cuerpo. Prefirió imaginar su mano, la derecha. Un framboyán alrededor. La mujer que lo ve todo desde el pie de un montículo.

El Administrador comentó los platillos con el entusiasmo que ya le conocían. Las manos enguantadas de los meseros, cuyos cuerpos se perdían en la oscuridad del recinto, se encargaban de colocar y quitar platos, copas y cubiertos a medida que avanzaba la cena. El Asistente no estaba seguro de no encontrarse ahí debido al sabor de los alimentos, aunque el objetivo explícito había sido el obtener información. Necesitaban dar con el Chef o, al menos, con sus costumbres mentales, sus mapas internos. Ni la Detective ni el Asistente estaban listos para creer que la mano derecha de la mujer joven había sido consumida por el Extirpador. Recurrían a la secuencia del Hombre del Fin del Mundo para corroborar esa duda o esa hipótesis: el hombre se había paseado, orgulloso o distraído, con la extremidad a cuestas por los límites mismos del mundo en lugar de hervirla o tasajearla o fragmentarla. No estaban del todo seguros de que se tratara de un descuido o una negligencia. Había algo en esa sed de espectáculo, en esa propensión a mostrar, que les causaba escozor. Debían encontrar la mano, a esa conclusión había llegado la Detective, para dar por terminado un caso anodino pero engorroso. A nadie le preocupaba en realidad el paradero de la extremidad derecha de una mujer joven recién llegada de las provincias donde, alguna vez, un gobernador de labios carnosos había sostenido, y esto frente a un fotógrafo oficial, las manos extirpadas durante las guerras con los indios. Nadie obtendría un ascenso con ese hallazgo. Nadie recibiría una carta de felicitación. Pero la Detective se había empecinado en encontrarla para regresársela a la mujer. Lo que le había dicho al Asistente era: "Habrá que ver qué le pasa a una mano que se da". Su curiosidad era tan fuerte como su disciplina, tan fuerte como su convicción.

—El Chef —empezó a hablar a la Detective antes de introducir la pesada cuchara de plata en el pantano sutil de la sopa—, ¿cree que de verdad se haya ido a África?

—¿Por qué habría hecho él algo así? —le contestó de inmediato el Administrador, sin poder ocultar su asombro o su alarma. Luego, como si de repente lo entendiera todo, soltó una carcajada—. Conrad, ¿verdad? —no esperó la respuesta—. No, muchachos, las cosas no son así.

La carcajada se convirtió, lentamente, en sonrisa, y la sonrisa, un poco más tarde, se volvió mueca. Los observó a los dos antes de introducir la cuchara en su boca, antes de cerrar los ojos y exhalar un suspiro de placer o de nostalgia.

—¿Y cómo son en realidad las cosas? —preguntó la Detective. La voz como los ojos abiertos de un alce en medio de la oscuridad.

—Si yo lo supiera —concluyó el Administrador, súbitamente entristecido—. Si yo supiera cómo son en realidad las cosas no tendrían por qué estar ustedes dos aquí.

Luego dio la orden para que sirvieran el primer plato. Y después, interrumpiendo un silencio que pesaba tanto como los cubiertos, ordenó el segundo. Los sorbos. Los pasos. La masticación. La Detective y el Asistente rechazaron el postre, pero tomaron el café a toda prisa. Ambos, mirándose por el rabillo del ojo, sabían que tenían poco tiempo.

La Manca le había dicho que buscaba su mano, pero nunca le dijo para qué la quería. Algunos días la imaginaba embalsamada, con la torpe apariencia de estar viva. Otras, la veía dentro de un frasco de formol. La mano que ella no tenía, la mano que no podía darle a él, se convirtió en su obsesión. La añoraba incluso. Sentía la nostalgia enorme de no haberla tenido nunca entre sus propias manos, a lo largo de su cuerpo, sobre la piel. Su ausencia lo abofeteaba en las mañanas, al despertar, y lo sosegaba en la noche, después del placer, al cerrarle los párpados.

—¿Y si la encuentran? —le preguntaba—. ¿Qué harás con ella cuando la encuentren?

La mujer lo miraba entonces como si no lo conociera. En su mundo privado, en el mundo que no compartía ni con él ni con nadie, ella estaba ahí, mirando su mano. Tocando su mano, acariciándola.

De todos los cambios climáticos que le había tocado presenciar a lo largo de su vida, el más angustioso, al que menos se acoplaba, era al fenómeno de las tolvaneras. Sufría de sed crónica durante ese tiempo. Los ojos le ardían. El escozor de la piel. Empezaban en invierno, con una violencia inusitada, y no solían menguar sino hasta un par de meses después, cuando la transición que todavía se denominaba como la primavera asomaba la cara. Entonces, a medida que sus azotes se espaciaban, iban emergiendo los destrozos entre las dunas urbanas: las casas destruidas, las raíces de los árboles, los autos vueltos al revés. El hambre. La sed. La enfermedad. Cuando abrió la puerta del refrigerador donde, según el Administrador, se guardaban las carnes exóticas, la Detective identificó con facilidad el frasco de formol dentro del cual flotaba una mano, en apariencia femenina. En ese momento pensó que se trataba, en efecto, de un destrozo más de las tolvaneras. La cortina que se levanta. Una especie de revelación. Así que esto será la primavera.

—Es lo único que hay aquí —le informó al Asistente, adelantándose a sus preguntas acostumbradas, cerrando la pesada puerta del refrigerador.

—¿Estás segura?

Ella le respondió que sí. Luego, con el frasco dentro de la chamarra, salieron corriendo hacia la tolvanera y la oscuridad.

> Noches de Umbría con la plata del címbalo
> [y de las hojas del olivo.
> Noches de Umbría con el canto
> [que hasta aquí trajiste.
> Noches de Umbría con el canto.

Un hombre joven, de largos cabellos rubios, lee un poema escrito a lápiz en una hoja de papel cuadriculado. La voz, su voz, lo atraviesa todo. Dice ven, su voz. Dice tantas cosas. Un framboyán a lo lejos. Una petición. La mujer que lo escucha al pie del montículo, vapuleada por las ráfagas del viento, baja la vista, guarda su mano derecha en el bolsillo del pantalón, y le da la espalda. El fuego que consume el papel. Un pañuelo. El fuego de mucho tiempo.

Deseaba verla y no deseaba verla al mismo tiempo. Presenciar ese momento le producía de antemano desazón, morbo, curiosidad, náusea. Cuando la mujer dirigió la mano izquierda hacia el frasco, la Detective pudo verla ahí, frente a él, tiempo atrás, extendiendo su brazo, diciendo: tómala. Podía visualizarla ahí, sin anestesia, con los ojos abiertos de la sonámbula en flor, repitiendo: tómala. Insistiendo: "Es mi mano y te la doy". La náusea, en ese instante, se transformó en un impulso poderoso que brotaba del estómago y ascendía, con fuerza también, por el esófago. El alimento que había disfrutado un par de horas antes durante el desayuno se detenía ahora, ácido y triturado, detrás de los dientes. *Ya nadie nos moldea con tierra y con arcilla, ya nadie con su hálito despierta nuestro polvo. Nadie.* Se colocó un pañuelo frente a sus labios y recordó que ese pañuelo, años atrás. La miró con angustia entonces; la miró con anhelo, con ganas de entender. ¿Así que esto sería la primavera? Y luego, cuando ya todo fue demasiado tarde, salió corriendo de su oficina rumbo al baño. *Maligna como palabra de oro esta noche comienza. Comemos las manzanas de los mudos. Hacemos un trabajo que bien puede dejarse a su fortuna.* El Asistente contaría tiempo después, y esto frente a un grupo de desconocidos sentados a la barra de un bar, que una vez vio cómo una mujer salía expulsada de una habitación y, cómo, en su prisa, se había encorvado lo suficiente para volverse pequeña y, luego, más pequeña aún, hasta desaparecer, como una ceniza que se lleva la ráfaga o el remolino, de la faz de la Tierra.

El perfil de él

La última vez que había estado ahí nunca logró acoplarse al horario. Aunque lo intentó varias veces, no pudo abrir los ojos durante el día, no pudo cerrarlos al anochecer. Ese desarreglo tiñó muchos de sus recuerdos de la Ciudad-Más-Antigua. Había ido a recuperar una serie de documentos con los que, según su jefe inmediato en el Departamento de Investigación de Homicidios, lograría inculpar a un narcotraficante, no de crimen alguno contra la salud, como hubiera sido lo esperable, sino de delitos contra el fisco.

—¿Como Al Capone? —le mencionó la Detective cuando recibió el expediente del caso, hojeando sus páginas como al descuido.

—Exactamente así.

La sonrisa es a veces un animal triste. Lo vio todo de nueva cuenta desde la Puerta de la Tinta Verde, que es por donde había entrado entonces: una mujer de edad indeterminada atraviesa el umbral y, con pasos largos sobre las callejuelas empedradas, se apresta a buscar las oficinas de la imprenta donde no sabe que, en lugar de encontrar los recibos fiscales, se topará con un manuscrito sentimental: un atado de cartas que, organizadas cronológicamente, constituyen el legado amoroso, casi torpe, de un asesino. Misivas a un hijo perdido. La escritura con la que trató de congraciarse con su peor enemigo. Cuando recordó el leve temblor de las manos con el que su cuerpo había reaccionado ante las oraciones largas, sin puntuación alguna, del manuscrito, se detuvo en seco. Sacudió la cabeza de izquierda a derecha. El animal triste sobre la espalda. El principio de la lluvia. Optó por pasar de largo frente a la Puerta de la Tinta Verde y decidió que, esta vez, utilizaría la Puerta de la Piedra Cruda. Era jueves en la noche y tenía no más de tres días para averiguar si un accidente eléctrico había sido, en realidad, un accidente.

La mujer la había contactado en el camino a su casa. La había interrumpido, de hecho. Después de preguntarle por su nombre, la jaló del codo, conminándola a sentarse sobre la banca de un parque. Hojas de pirul alrededor.

—Estoy segura de que usted me puede ayudar con esto —le había dicho en voz muy baja. El olor a comida cruda en el aliento. Luego, había sacado un par de fotografías de un gran bolso blanco—. Es mi hermana —explicó—. Murió allá adentro, en la Ciudad-Más-Antigua, hace años.

La sonrisa, pensó la Detective, es sin duda un animal triste. Había algo de eso, de esa tristeza o de esa resignación, en los párpados caídos del rostro que la veía desde el pasado, desde la vida.

—Cambiaba una bombilla —continuó—. Y se electrocutó.

La Detective le arrebató las imágenes y, viéndolas de cerca, no pudo contener la carcajada.

—Debes estar bromeando —dijo, incrédula—. Nadie muere por esas causas.

La mujer despejó su rostro y la enfrentó con los ojos muy abiertos.

—Eso es lo mismo que digo yo —afirmó.

No le gustaba la Ciudad-Más-Antigua. Nunca le había gustado. Admiraba su edad, la arquitectura de sus siete puertas inmemoriales, su capacidad de supervivencia, pero la evitaba tanto como podía. Los hombres y las mujeres de abrigos negros que, encorvados y silenciosos, entraban y salían de ella a horas predeterminadas por las oraciones religiosas le producían desconfianza y, las más de las veces, sospecha. ¿Por qué nunca la veían a los ojos? ¿De qué estaba hecho ese peso que cargaban sobre la espalda? El ir y venir de los gatos siempre le había parecido ominoso más que sagrado. El canto ensordecedor de los pájaros. El tropel continuo de los soldados. El sol, incluso la luz del sol, parecía más desafiante sobre sus baldosas, al ras de sus edificios blancos. Prefería moverse por las zonas que otros denominaban como modernas y que para ella constituían la médula misma de sus recorridos urbanos. Su mundo. Ahí trabajaba y vivía, resolviendo acertijos de sangre. Ahí iba al cine y comía en fondas baratas. Ahí hablaba por teléfono y se sentía sola o gozaba también de la compañía. A la Ciudad-Más-Antigua, allá adentro, solo iba cuando no tenía alternativa, o cuando, como en este caso, la curiosidad por resolver un crimen de antaño era más grande que su sentido práctico.

—Aquí está —le había dicho el Asistente colocando de golpe sobre el escritorio un atado de hojas amarillentas sobre las cuales se expandía una serie de sellos color violeta—. Todo parece en regla.

—¿Qué es la electricidad? —le había preguntado luego de hojear el expediente y de observar, en todo detalle, la fotografía del cadáver.

—Electrodos positivos y negativos en proceso de atracción y repulsión —aseguró el Asistente, que la veía.

—Ya veo —murmuró, que era lo que decía cuando en realidad no podía ver nada. Cuando le quedaba mucho más por entender.

Eligió una habitación de ventanas amplias que daban a una pequeña terraza llena de plantas. Desde ahí podía ver las callejuelas sinuosas de la Ciudad-Más-Antigua sin sentirse parte de ellas. Desde ahí también podía ver la ventana de la habitación donde, según la hermana de la Electrocutada, se había llevado a cabo un crimen perfecto diecisiete años atrás. Agosto, sus inicios. Una bombilla. Una pequeña cascada de luz.

—Debió haber hecho mucho calor —alcanzó a mascullar la Detective antes de reintroducirse en su cuarto y cerrar las ventanas francesas tras de sí.

Cuando se sentó frente a la pequeña mesa que decidió de inmediato convertir en escritorio, tomó un pedazo de papel con el logo del hotel y la pluma que se encontraba a su lado. Observando su propio rostro en el espejo esmerilado que colgaba de la pared de enfrente, se preguntó por primera vez sobre la extraña profesión de la Mujer Electrocutada. Poeta. La mujer le había dicho que su hermana había sido una poeta. Acaso fuera esa la razón por la cual había aceptado inmiscuirse en un caso que nunca había sido abierto en su tiempo y que, juzgando por el expediente del hospital y de la sección de Defunciones, no ocultaba enigma alguno. Un desafortunado accidente. Una ráfaga de electricidad. Un imprevisto de la tecnología. La mala suerte. Un caso, en resumen, que no era un caso. La Detective recordó de inmediato el otro caso, el que nunca pudo solucionar, que también involucraba a una poeta —aquella vez en las pistas de los homicidios seriales y no en la profesión de ninguna de las víctimas— y volvió a sonreír con desgano. El espejo le confirmó lo que ya sabía: la sonrisa es a veces un animal triste. Fue entonces, en ese justo momento que, sin pensarlo mucho, empuñó la pluma y se encorvó sobre las hojas blancas.

*Lo primero que vi al entrar en la Ciudad-Más-Antigua fue
la sangre. Gotas de sangre cayendo, rojas, sobre un charco de
sangre. El olor a cosa ácida y desecha. El olor a muchos muertos. Temblar es apenas un verbo. El escalofrío que bajó rau-
do por la columna vertebral me obligó a aproximarme a un
camión desvencijado que, detenido en medio de la callejuela, entorpecía el paso de los transeúntes y demoraba el tráfico.
Ahí estaban, amontonados unos sobre otros, los cuerpos. Rojos.
Todos los tonos del color rojo. Los ojos cerrados. La sensación
del vómito llegó luego. Apilados unos sobre otros, los corderos
parecían ser o convertirse en seres humanos. Muertos. Muchos
muertos.*

Se detuvo con la sensación de que alguien la miraba. La
del espejo era, sin duda, ella misma. Pero su propia mirada
parecía molesta por algo que no lograba ubicar en la amplitud del cuarto. Los techos altos. Las cortinas, inmóviles. Un
sucedáneo de la anticipación. Respiró hondo y caminó a
toda prisa rumbo a la terraza. Abrió las ventanas francesas
de par en par y, cuando se asomó hacia la callejuela, lo oyó.
Era el ruido de la aldaba cuando se cierra con sumo cuidado.
Atrás de ella. Atrás del tiempo. Le resultó fácil colegir que
alguien había estado en su habitación antes de su llegada y,
luego, mientras se había decidido a garabatear unas cuantas
oraciones sobre un papel en blanco, alguien había guardado silencio. Alguien más. Otro había estado ahí. No le cupo
duda alguna al respecto.

Un cordero degollado. Un gato negro. Una paloma que
zurea.

La Electrocutada había escrito largos poemas mórbidos a lo
largo de su vida, excepto hacia el final. Durante los últimos
meses, y esto lo pudo constatar la Detective en las copias

de los manuscritos inéditos que le enviara la Hermana por correo, el tono de la poeta había cambiado. Entre enero y agosto del año de su muerte, los temas que exploraba en su libreta parecían ser los mismos —el desamor, la muerte, el aislamiento, la vejez—, pero las palabras con las que los tocaba se movían a un ritmo diferente sobre la hoja. ¿Cómo conseguía aligerar la muerte y empequeñecer la agonía? ¿De qué manera lograba romper el candado del aislamiento y atravesar los muros de la vejez? Sus poemas, de súbitas líneas largas, decían, de repente, otras cosas. Hablaban otros idiomas. Se dirigían a otro tipo de lectores.

—¿Qué otra cosa provoca que una mujer escriba, de repente, de otra manera? —la pregunta en labios de la Hermana era del todo retórica.

—El amor, por supuesto —dijo la Detective, hastiada de caer en su juego.

Dos aves negras, cuyas dimensiones sobrepasaban las de las palomas, se detuvieron sobre una antena de televisión y chillaron hasta que las mujeres volvieron los rostros hacia el cielo.

—Nunca me lo dijo —susurró la Hermana mientras la Detective continuaba viendo hacia arriba—, pero siempre tuve la impresión de que había encontrado a alguien esos últimos meses de su vida —se calló. Dudó un poco. Espantó una mosca con la mano derecha. Volvió a elevar el rostro justo cuando las aves negras emprendían el vuelo y las antenas de televisión parecían alambres ominosos sobre las azoteas.

—¿Y eso qué tendría que ver con la electricidad? —la Detective le dio un trago a un brebaje de menta y se recargó con algo de estrépito sobre el respaldo de la silla. El rechinar de la madera. La edad de los muebles. La inmemorial sentencia del lugar. Parecía retar más que entender. Parecía necesitar una explicación concreta.

—No me entiendes, ¿verdad? —la impaciencia de la voz. El velo sobre los ojos. La tristeza—. Debió haber sido alguien de las Afueras —murmuró muy cerca de su oído derecho—. Uno de ellos —señaló con discreción hacia los hombres oscuros que, desde atrás de la barra, iban de un lado a otro sirviendo bebidas calientes sin siquiera hacer ruido o dejar huella. Luego, con la misma naturalidad con la que lo había tratado, se desentendió del tema.

La Detective había visto fotografías de la Poeta tanto en blanco y negro como a color: su rostro no anunciaba pasiones desmedidas. De cejas estrictas y peinados rígidos, su presencia era más bien la de una mujer que obedece o se resigna o manda. Nada en el brillo de los ojos o la apertura de los labios dejaba entrever el tipo de fuerza erótica que suele precisarse para llevar a una mujer más allá de las normas del cortejo. Nada en ella presagiaba ese tipo de contactos o de tormentas.

—Pero ¿de verdad la crees capaz? —titubeó la Detective, sin darse cuenta de que hablaba de ella como si todavía pudiera tomar la decisión de hacerlo o no hacerlo. La decisión de sumergirse.

—Mi hermana siempre fue una persona extraña —le dijo por toda respuesta—. Así son los poetas —añadió minutos después, alzando los hombros, como si la Detective nunca hubiera estado en contacto con uno de ellos. Luego pareció concentrarse en el chillar de los pájaros que sobrevolaban las antenas. Más tarde, el ruido del lugar no la dejó ni siquiera distinguir el sonido de su voz. Impaciente, volviendo la cabeza de derecha a izquierda como si esperara que sucediera algo imprevisto, la Detective sacó unas cuantas monedas de su bolsillo y las colocó sobre la mesa. Se despidió entonces. Depositó sobre la mano de la Sobreviviente una tarjeta con los datos de su hotel y, sin mucha ceremonia, se alejó del lugar.

El ruido de sus pasos.

La electricidad es un fenómeno físico que
se manifiesta naturalmente en los rayos,
las descargas eléctricas producidas por
el rozamiento (electricidad estática) y en el
funcionamiento de los sistemas nerviosos de
los animales, incluidos los seres humanos.
También se denomina electricidad a la rama
de la ciencia que lo estudia y la rama de
la tecnología que lo aplica. Desde que, en
1831, Michael Faraday descubriera la forma de producir corrientes eléctricas por
inducción se ha convertido en una de las
formas de energía más importantes para el
desarrollo tecnológico debido a su facilidad de generación, distribución y al gran
número de aplicaciones que tiene.

La Detective vio el relámpago que rompía la noche en dos
y sintió, al mismo tiempo, el coletazo de la energía eléctrica
a lo largo de la columna vertebral. Cerró las ventanas cuando el viento arreció, trayendo hojas secas hacia sus pies. El
ruido de la tormenta que se aproxima. Fue testigo del inicio de la lluvia y, luego, de la violencia nocturna del vendaval. Todavía se quedó un largo rato inmóvil, con la frente
recargada sobre los vidrios biselados, imaginando la escena
en la habitación de enfrente. Una silueta que va de un lado
a otro, con la apariencia de acomodar objetos en su entorno. Una suerte de actividad febril. Y luego, de repente, en
medio de toda esa actividad, un chispazo. La luz. Más tarde
solo la oscuridad. ¿A quién le podría convenir la muerte de
una Poeta solitaria y bien establecida a quien solo en raras
ocasiones le habían ocupado asuntos sociales o de política?

No sabía cuál era la causa precisa de su lasitud momentánea, esa especie de melancolía que se le juntaba cerca de los ojos. No sabía. Se llevó la mano al pecho, justo frente al esternón, porque no aguantaba la presión. Respiró hondo. Elevó el rostro y los brazos. La presión seguía ahí, punzando. Llegó a pensar que se echaría a llorar o que, de súbito, como la Poeta hacía ya años, caería. Inmóvil, paralizada por las mórbidas escenas de su imaginación, la Detective observó su propio cuerpo sobre las baldosas, repartido en ángulos imposibles. No reconoció a la mujer que la veía en total concentración desde el punto en que ella misma se encontraba. No reconoció la inmovilidad atroz de sus ojos, ni la rigidez de los puños o de las rodillas. Estuvo a punto de dirigirse hacia ella cuando se dio cuenta de que no podía dirigirse hacia el lugar donde ya estaba. Sonrió entonces, derrotada. Afuera la lluvia. Sacudió la cabeza varias veces. Adentro el estupor. Dio un par de pasos y cayó, con delicadeza, sobre la silla. Recargó los codos sobre el escritorio y, echando la cabeza hacia atrás, cerró los ojos. Luego, al abrirlos, alcanzó a vislumbrar su rostro sobre el espejo. Se le veía, sin duda, exhausta. La mirada entre febril y perdida. Los cabellos fuera de lugar. La boca ancha. Cuando bajó la vista fue que se topó con el dibujo. Ahí, en una de las hojas blancas con el logo del hotel, se encontraba el boceto de un cuerpo. Era un garabato infantil: un conjunto de líneas que terminaban, en la parte superior, con un círculo maltrecho dentro del cual se repartían dos pequeños puntos negros y una línea horizontal. Una cabeza, sin duda. En la parte inferior, al final de lo que parecían ser dos piernas, había otros dos círculos vacíos en lugar de los pies. La Detective tomó el dibujo en sus manos y se volvió de inmediato hacia la puerta de entrada. Se introdujo en el baño. Se asomó debajo de la cama. Cuando volvió al ventanal, la tormenta ya había pasado. El aroma de la electricidad. Algo súbitamente vacío.

veces solo para sentir cómo el aire, el silencio, la imposibilidad. Al Asistente le gustaba presenciar ese momento. Colocó una mano sobre el hombro de la mujer y se asomó al retrato que sostenía entre las dos manos juntas que descansaban ya sobre su regazo. Ahí estaba el rostro de la Poeta en primer plano y, medio escondido, medio borroso, ahí estaba también el perfil que había perseguido. El perfil de él.

El Impresor llegó a tiempo. Era un hombre de estatura pequeña que, sin embargo, caminaba con el aplomo de un individuo alto y corpulento. La Detective lo esperaba y, aun así, le sorprendió su presencia cuando se apareció frente a la mesa de madera donde intentaba almorzar algo: un huevo duro, unas cuantas rodajas de jitomate, queso fresco. ¿Qué hacía exactamente ahí? No cesaba de dirigirse esa pregunta a sí misma. Masticaba y se lo preguntaba. Masticaba y se decía que, en definitiva, tenía mejores maneras de pasarse un fin de semana largo. Masticaba. No pudo evitar dar un respingo cuando el Impresor le extendió la mano manchada de tinta y la saludó con una voz afable, muy lejana a la urgencia que, según le había dicho el Asistente, había utilizado para tratar de localizarla en la Ciudad-Más-Antigua.

—Me buscaba usted —murmuró la Detective apenas él se arrellanó sobre la silla, tratando de iniciar la conversación a la brevedad posible, sin esperar ni siquiera a que se les aproximara el mesero. El Impresor se detuvo en seco. Un gato saltó sobre las enredaderas que adornaban una de las paredes del restaurante del hotel. Las nubes altas.

—Al mundo moderno lo matará la prisa —exclamó, sonriendo. Luego, como si tuviera todo el tiempo del mundo por delante, pidió un café. Y luego pidió azúcar. Al final, a la tercera vuelta del mesero, ordenó también un par de pastelillos—. Nunca pensé que al Departamento de

Homicidios le interesara un caso como este —dijo al fin, carraspeando. La Detective, tomada por sorpresa, dejó de masticar. La comida entre los dientes. La luz del mediodía sobre el tenedor. Inmóvil. Recordó la manera en que el Impresor le había facilitado, meses atrás, la correspondencia sentimental de un asesino a sueldo. Lo poco que, en todo caso, habían servido esos papeles para incriminarlo de delito alguno. En la oficina de la imprenta, rodeada del ruido circular de las grandes máquinas, entre el aroma de la tinta y el sudor de los trabajadores, había leído sin parar cada una de las letras de esas cartas. Se había dolido. Había temblado. Luego, al final, llegó a la conclusión de que nada de lo hecho serviría para algo.

—Me buscaba —insistió la Detective, cortante.

—No pensé que te volvería a encontrar tan pronto en este sitio —dijo el Impresor, después de darle el primer trago a su café—. Me quedé con la impresión de que no te gustaba nada —añadió, recorriendo el cielo y el suelo con la mirada, señalándole a qué se refería con exactitud. Dos gatos pasaron entre las mesas, persiguiéndose el uno al otro. El mesero, quien se aseguraba de que todo estuviera en orden en su mesa, dejó un aroma extraño en el aire. Cardamomo. Sudor.

—No se trata de un encuentro, en el sentido estricto de la palabra, lo sabe bien —le recordó la Detective, colocando otro bocado sobre la lengua—. Usted me buscaba para algo, supongo.

—Debe ser difícil estar aquí —dijo finalmente el Impresor, carraspeando otra vez—, sin el apoyo del Departamento de Homicidios, quiero decir —la Detective volvió a dejar de comer pero, después de unos segundos, volvió a masticar y, luego, a deglutir. ¿Qué hacía exactamente ahí? Se hizo la pregunta una y otra vez, considerando la posibilidad de incorporarse e irse entre una y otra de las repeticiones de la misma pregunta. El hombrecillo la miraba a través de sus gruesos espejuelos, midiendo con sumo cuidado las reacciones provocadas por sus palabras. La discreción de la Detective, su manera de controlar las expresiones de disgusto o de aliento, parecía divertirlo. Guardada para sí: era ese tipo de persona.

—¿Y por esa era la urgencia? —le preguntó con ironía. Luego, a sabiendas de lo que hacía, le sonrió. El mesero volvió a pasar cerca y, como no hubiera nada que levantar de la mesa, se siguió de largo.

—Sí sabes que la Poeta era una cliente usual de nuestra Imprenta, ¿verdad? —dijo poco a poco el Impresor, dirigiendo su mirada hacia sus manos inquietas—. Una amiga en realidad. Una buena amiga de mucho tiempo. Habrá que hacer esa investigación con mucho rigor y con mucha cautela, ¿no crees? Proteger su memoria es algo a lo que muchos nos dedicamos por aquí.

Más que el tiempo, que los residentes de la Ciudad-Más-Antigua habían decidido adecuar a usanzas ancestrales de rezos y plegarias, la Detective detestaba las callejuelas laberínticas en que una cantidad cada vez más grande de gente se veía forzada a transitar, compartiendo la vía con gatos y corderos, bicicletas y turistas y soldados, escupitajos y gritos. ¡Imposible ver el cielo o llenarse los pulmones de aire verdadero en esos túneles húmedos y estrechos! La opresión en el pecho la obligó a llevarse la mano derecha hacia el esternón. Pensó en su centro. Pensó en su propia Ciudad-Más-Antigua, la de más adentro. Alzó la cara intentando avizorar un poco de cielo, pero un pesado edificio de piedra, un edificio inclinado por siglos de inmovilidad, le impidió la visión. Caminaba sobre las piedras muy lisas de una ciudad sitiada por sus propias masacres. Su propio terror. Fue cuando bajó la cabeza, sacudiéndola lentamente de izquierda a derecha, que sintió el empujón sobre el brazo. Luego, antes de que intentara explicarse qué estaba pasando, no pudo ver nada más. Un negro absoluto. Un negro sin fisuras y sin ruido. En eso estuvo envuelta hasta que escuchó la voz.

Dijo: "Quiero que sepas".

Dijo: "Es importante que sepas".

La Detective notó el acento de inmediato y, como por instinto, se llevó las manos hacia la venda que le cubría los ojos. Entonces se dio cabal cuenta de que estaba sentada sobre la piedra y recargada sobre la piedra de una habitación en cuyo interior rebotaba el eco de la voz solitaria y asustadiza de su captor. El frío la hizo temblar. Imaginó un sótano y, luego, de inmediato, tuvo que aceptar que todas las habitaciones de la Ciudad-Más-Antigua le parecían siempre y sin distinción sótanos donde se purgaban condenas inmemoriales, celdas subterráneas donde almas de la más distinta estirpe continuaban pagando sus culpas, sus crímenes, sus aberraciones más íntimas. Imaginó el aire libre y la orilla del mar. Se mordió los labios. Volvió a preguntarse qué hacía ahí una y otra vez. La humedad del espacio se le introdujo a toda velocidad en los huesos, produciéndole escalofríos. Dolor. Imaginó su casa. Las ventanas de su casa. El aire que entraba por las ventanas de su casa. Estuvo a punto de soltar una patada contra el piso.

Dijo: "¿Quieres un cigarrillo?".

La Detective se volvió hacia el lugar donde ubicó el origen de la voz. Supo que se encontraba cerca y que, como ella, estaba sentado, en cuclillas acaso, sobre el piso. Aspiró el aroma a cardamomo y a miedo. Detectó el sudor que emana del cuerpo cuando el cuerpo teme. Los cuerpos, cuando se aproximan, producen calor: no es posible hacer nada al respecto. Pensó en todo eso.

—No fumo —le dijo en una suave voz baja, como si al otro le interesara la explicación—. Dejé de fumar hace años

—continuó en el tono preciso del que imparte una lección muy básica—. Pero me haría bien ver —murmuró—. Verte.

El hombre, por toda respuesta, se aproximó y desató la venda.

—Lo pudiste haber hecho tú misma —dijo, acercándole el pedazo de tela a los ojos recién abiertos. Unas manos huesudas, cubiertas de lacios vellos negros, hicieron y deshicieron el nudo varias veces frente a ellos. Una sonrisa tímida, apocada incluso, aparecía y desaparecía, justo como el nudo en la tela, del rostro oscuro y angular, de grandes ojos negros, que la observaba más con aprehensión que con saña. Era la cara de alguien que buscaba aprobación o entendimiento. Complicidad. Se trataba, sin duda, de una cara que sabía dar la cara.

—Pudimos haber conversado en el hotel —dijo la Detective, no sin sorna, todavía tratando de ajustar la visión a la oscuridad de la habitación vacía, moviéndose un poco para evitar el dolor en la cadera o para espantar el frío. El hombre guardó silencio.

—No entiendes nada —murmuró él después de un rato—. ¿Ves? No entiendes nada.

Lo llamó el Hombre Oscuro desde ese momento no solo por el color de su piel, que tenía esa pátina anaranjada de los que han pasado muchas horas bajo el sol del desierto, sino también, acaso sobre todo, por la oscuridad de su lenguaje. Se decía y se desdecía con la misma convicción, a menudo casi al mismo tiempo. Avanzaba y retrocedía en la plática como si el interlocutor estuviera al tanto de los extremos, tanto en el pasado como en el futuro, que sostenían la médula de su relato. Buscaba la conversación, en efecto, pero siempre en condiciones que permitieran eludir el contacto con su secreto. Secuestraba a sus escuchas, a veces por la intriga de sus tramas y a veces con la fuerza, solo aparente, de los nudos de las vendas con que les cubría los ojos o las manos. A la Detective no le sorprendió la necesidad de expresión que padecía el Hombre Oscuro puesto que estaba acostumbrada a ver cómo, una vez iniciada una investigación, surgían de aquí y allá personas con urgencias largamente guardadas por contar su verdad, su versión, sus hechos, pero sí calló ante el asombro que le provocaban las palabras que el hombre retenía tras la lengua, detrás de los dientes muy blancos, bajo el paladar más húmedo.

—Mientras estemos en esta ciudad —aseguró en un tono de serenidad y resignación— no voy a poder hablarte de ella.

Guardó silencio. Una oscuridad más oscura, una humedad todavía más húmeda.

—Allá afuera, quiero decir —añadió—. Allá no.

Había sangre sobre las calles y abajo también, debajo de ellas. En los mantos freáticos, en el alrededor de las raíces, en el humus más negro: emblemática y roja como una bandera. Anuncio mordaz. Horda de institutriz. Morada de dátil. La sangre es el invierno más largo. Cosa que huele. Hace frío aquí. Sobre la nieve: hilito de. Entre la lluvia. Este es el nombre de la ciudad: aquí. El nombre de la Historia.

Le recuerda una historia de amor, otra. Le recuerda el rostro de una mujer que recuerda al otro rostro que ella fue, antes. Le recuerda ese rostro de antes: extraviado, delirante, presa de la pérdida. Lo que el Hombre Oscuro le cuenta dentro de la habitación más negra le recuerda algo que vio hace muchos años dentro de la oscuridad de un teatro, sobre la pantalla. Una película en blanco y negro. Lenta. *Tú me destruyes: tú me haces bien.*

—Esto es una guerra —asegura el Hombre Oscuro, sosegado—. En la guerra no podemos decir ciertas cosas. No podemos hacerlas.

—¿Enamorarte, quieres decir? —le pregunta, de inmediato—. ¿A eso te refieres?

Le recuerda la manera en que una adolescente araña una y otra vez los muros de salitre de su encierro. La niña come tierra. Le recuerda su cabeza rapada. El pago por sus culpas. Le recuerda la vergüenza, la degradación. A eso también se le llama ignominia. Recuerda.

—¿A eso te refieres? —insiste, ligeramente desesperada.

Le recuerda la escena del abrazo, en otra ciudad también derruida dentro de un futuro que es en realidad una eternidad. Hiroshima. Le recuerda la posición más protectora que sexual de los dos cuerpos. Piel sobre piel. Huesos. Recuerda los pocos minutos de absoluta felicidad.

—Dime —le pide—. ¿Te refieres a eso? —lo incita.

El hombre está sentado como ella, sobre el piso, la espalda recargada directamente sobre la pared. Reclusos. El hombre finalmente se vuelve a verla.

—A eso también —dice, enigmático—. En una guerra no es posible no matar —añade, al final.

Las dos partículas elementales cargadas que existen en la materia y que se encuentran de forma natural en nuestro planeta son el electrón y el protón, aunque pueden encontrarse otras procedentes del exterior (como los muones o los piones). Cuando un átomo gana o pierde un electrón queda cargado eléctricamente. A estos átomos cargados se les denomina iones. Los trabajos de investigación realizados en la segunda mitad del siglo XIX por el premio Nobel de Física, Joseph John Thomson, que le llevaron en 1897 a descubrir el electrón, y de Robert Millikan, al medir su carga, determinaron la naturaleza discreta de la carga eléctrica.

Detectó el aroma tan pronto como entró en su cuarto, pero no fue sino hasta que llegó al escritorio, cuando vio el plato lleno de chabacanos frescos y rodajas de queso blanco, que supo exactamente de qué se trataba. A su lado, sobre un pequeño mantel inmaculado, el sobre sin cerrar. La nota:

El Ministro de Turismo se complace en invitarla a cenar esta tarde, a las 6:30 pm, en el restaurante de su hotel.

Con un saludo cordial.

Se asomó a la terraza y, desde ahí, observó el ventanal de enfrente. ¿Qué hacía exactamente ahí? El color chillante de las buganvilias y el verde intenso de las enredaderas la distrajeron un rato. Arriba: una tajada de cielo azul. Abajo: los gatos, los pasos, los gritos. Si no hubiera pasado casi medio día en un calabozo, compartiendo palabras a medio decir con un desconocido de faz oscura, tal vez hasta podría decir cosas como "¡Qué día tan bello!". Pero había pasado más de la mitad de un día encerrada en un sótano, el único lugar dentro de la Ciudad-Más-Antigua en que ese hombre se atrevía a merodear con tiento, con pasmo, su verdad. ¿Había hablado en realidad de ella? ¿Era el suyo el perfil que había logrado atisbar en una de las últimas fotografías de la Poeta? El tiempo se le acababa, de eso estaba muy consciente. Se le acababan el tiempo y las ganas, al inicio entusiastas y joviales, por averiguar una historia que, conforme se desdoblaba frente a ella, se tornaba cada vez más lúgubre y, paradójicamente, más anodina. Una mujer y un hombre y una imposibilidad. Una mujer y un hombre y ese minuto de absoluta felicidad que los condenaba. Ignominia, recordó la palabra. Alguien murió aquí, en esta historia. Sacudió la cabeza. La sonrisa es un animal triste, se dijo. La puerta de la Piedra Cruda. Ya nunca podría decir cosas como "¡Qué día tan bello!". Un hombre. Un calabozo. En eso pensó en su camino al baño, cuando se detuvo a tocar la piel de los chabacanos y vio, sin querer, su propia imagen en el espejo esmerilado. Eran ya las seis de la tarde y tenía la intención de atender a la cita del Ministerio de Turismo.

No le extrañó el elegante traje de casimir de su anfitrión, ni la cantidad de cabellos rubios que había logrado colocar, con ayuda de alguna sustancia pegajosa, detrás de sus orejas. Los anteojos de metal. Las manos sin señas. No le extrañó su voz pausada, de suaves crestas, con que la saludó y la invitó a sentarse a su mesa. Tampoco le extrañó que pronto quedara claro que no se trataba, por supuesto, del Ministro sino de uno de sus asistentes más cercanos. No le extrañaba la composición de los detalles, que eran de suyo esperables, sino la situación entera. ¿Qué hacía exactamente ahí? Cuando el hombre empezó a hablar, no le quedó duda alguna al respecto. La Detective estaba metida en problemas.

—Han llegado informes a nuestras oficinas sobre su investigación —dijo el Asistente del Ministro justo en el momento de pasarle el menú con una sensata sonrisa en su rostro, los ojos puestos sobre sus propias manos—. En esta ciudad, como puede imaginarse, es relativamente fácil enterarse de todo —añadió a manera de explicación.

—Ya veo —dijo ella, optando por un silencio precavido, lleno de alertas. El latir de su corazón. El retumbar dentro de las sienes. Como si se encontrara todavía dentro del calabozo y no en el espacio de un restaurante al aire libre ubicado justo en el patio central de un hotel, las voces seguían chocando contra los altos muros. Los altos muros, que también eran anchos, separaban a la ciudad de todo lo demás. La sangre de los otros; su silencio.

—Un asunto delicado —prosiguió el Joven Asistente del Ministro—. ¿Ensalada o fruta? —se interrumpió.

La Detective optó por la ensalada.

—Todos en la Ciudad-Más-Antigua veneramos la memoria de tan insigne Poeta, como se puede dar cuenta —iba a continuar pero en ese momento tuvo que atender al mesero que, con libreta en mano, esperaba la orden entera. Años después, cuando le siguiera dando vueltas y vueltas a un caso que había tomado por simple curiosidad en un fin de semana especialmente largo, diría que, de no ser por el aroma a cardamomo y miedo, nunca se habría vuelto a verlo. De no ser por el eco de su voz que chocaba, una y otra vez, contra las altas paredes de piedra. Así de imposible era que una mujer de la Ciudad-Más-Antigua pusiera atención en un Hombre Oscuro que se dedicaba al trabajo. Las manos rugosas; la mirada mansa. Pero se había vuelto a verlo y lo había visto. Era su perfil, el perfil de él. Luego, para no dejar duda al respecto, escuchó su voz. Dijo: "Quiero que sepas". Dijo: "Es importante que sepas". El paso del tiempo. El hombre la vio, supuso, como la habría visto a ella años atrás: con precaución y curiosidad y algo de lástima. El hombre, que había leído sus páginas, la vio con deseo, con complicidad, con algo de temor. Eso había murmurado con voz entrecortada. Había murmurado que, por casualidad, lo había hecho. Eso. Leer las páginas del enemigo. ¿Cuánto tiempo tardan en reconocerse los que comparten los mismos grilletes alrededor de los tobillos? ¿De dónde les surge el arrojo a los iguales? Bajó la vista y, luego, al alzar los ojos, parpadeó. Arena sobre las pupilas. La pestaña mítica. La Poeta tuvo que notarlo. Una mujer que había escrito lo que ella tendría que haber notado la turbación del hombre, y su belleza.

—Todos en la Ciudad-Más-Antigua veneramos la memoria de nuestra Poeta, le decía —el Asistente del Ministro, un hombre acostumbrado a la disciplina, retomaba la plática justo donde la había dejado—. Se imaginará que estamos muy interesados en mantenernos al tanto del estado de su investigación —concluyó.

La Detective se dirigió al mesero, que volvía a pasar de largo pero cerca.

—¿Sabrá cómo preparar un martini? —le preguntó.

El Hombre Oscuro se detuvo y, en lugar de tomar notas en su libreta, le sonrió, azorado. Su acompañante fingió indiferencia o distracción.

—Y usted, por supuesto, la ha leído —murmuró cuando se volvió a enfrentar al rostro súbitamente endurecido del Asistente del Ministro—. A su Poeta —añadió cuando el hombre pareció confundido por la pregunta.

—Naturalmente —balbuceó—. Todos aquí —y no pudo continuar porque la pregunta no solo parecía insensata sino, de plano, impensable. Los brazos en alto.

La Detective imaginó entonces cómo había ocurrido todo: la Poeta se aburría en una cena con hombres y mujeres de voces suaves y manos sin señas y rubios cabellos engominados. Todo pasaba aquí, justo en la misma mesa. La Poeta había volteado por intuición primero y, al rato, por esa clase de curiosidad que algunas veces es el resultado más feliz del hastío. ¿Qué más hay a mi alrededor? La sonrisa es un animal triste. Pronto comprobaría que no se había equivocado: el Hombre Oscuro la observaba desde lejos. La Poeta tendría que haber detectado el aroma del cardamomo, la calidad agridulce de su sudor, el leve rozar de los muslos. Invisible para los otros, el hombre, sin embargo, era un cuerpo evidente para sus ojos de recién llegada. Visitante de ocasión. Mirada sin entrenamiento. ¿Cómo había ocurrido el primer encuentro y, después, los otros encuentros sucesivos? No tenía respuesta para eso. ¿En qué momento había cedido? ¿Cómo había quedado en claro que, años después, en la misma ciudad que los había visto juntarse, ¿alguien más tendría que volver para desentrañarlo todo?

—¿Sabe usted qué es la electricidad? —aprovechó que el mesero colocaba el martini frente a ella para hacerle la pregunta al Asistente del Ministro.

El Hombre Oscuro se volvió a verla con inaudita discreción. El Asistente del Ministro enrolló los ojos.

—Me dedico a las relaciones públicas —murmuró, tratando de contener su exasperación—. Comprenderá que esas son materias de las que entiendo poco.

La Detective le dio un trago a su bebida y festejó su sabor. Llamó al mesero para comunicarle, de inmediato, su opinión. Le pidió más.

—¿De dónde cree que sea él? —le preguntó al Asistente del Ministro cuando el mesero, ajustándose a las tareas de su oficio, se retiró.

—¿Quién? —preguntó.

—Él —dijo.

—¿Quién? —insistió, ya francamente exasperado, el Asistente del Ministro.

Llena de sangre esta tierra. Bañada, henchida, alimentada de sangre. Cada paso que yo doy o que tú das. Cordero de dios. Los hijos de mis hijos y sus hijos. Los inviernos son muy largos aquí, la ceguera. La mujer existió, eso es cierto. Dentro de una habitación a oscuras, existió el encuentro. La conversación. Lo primero que vi al entrar en la Ciudad-Más-Antigua fue esa montaña de cuerpos. Las gotas de su sangre cayendo sobre un charco de sangre. El misterio. Cordero de dios.

—Según la entrevista del periódico —le informó su Asistente desde la oficina con el tono alborozado de quien ha encontrado, por sí solo, pedazos preciosos de información—, la Poeta habló con el Impresor justo la mañana del 7 de agosto.

—Eso no forma parte de la documentación del expediente —lo interrumpió con la voz apagada, pastosa.

—Lo sé, por eso te hablo. Es una entrevista en un periódico muy menor —insistió—. Ahí dice que la Poeta le llamó al Impresor para decirle que estaba contenta, que se iba de la Ciudad-Más-Antigua.

La Detective, quien se encontraba tendida sobre la cama de su habitación a oscuras, imaginó toda la escena: la alarma encendida dentro de la cabeza del Impresor, su súbito esclarecimiento de la situación, su idea de impedirlo todo. La velocidad es a veces un puro espanto. En la Ciudad-Más-Antigua, ¿no lo acababa de decir alguien así?, era relativamente fácil enterarse de cosas. Ahí debió haber sido sencillo también hacerse de ese tipo de ayuda. La electricidad es la forma más común de energía debido a su facilidad de generación y distribución. El contacto entre el electrón y el protón. La carga eléctrica.

—¿Me escuchas? —le preguntó el Ayudante.

Luego de un rato la Detective le dijo que no, que en realidad ya no lo escuchaba.

—Tomaste algo, ¿verdad? —susurró, súbitamente entristecido.

—Los martinis son en verdad divinos en este lugar —le dijo, después de un rato, la Detective.

La despertó el viento o la sed. Estaba vestida pero debajo de los cobertores y, al levantarse, sintió un par de punzadas en la cabeza. Tambaleó de camino al baño pero, una vez en él, no tuvo problemas para desnudarse y abrir el chorro del agua fría de la regadera. Se quedó inmóvil así. El tiempo pasó. No supo en qué momento distinguió el sonido. Era una nota muy baja, pero continua. Alguien, de eso no le quedó la menor duda, alguien entonaba una canción o un lamento o un mantra. Salió de la regadera sin apagar el agua y, apenas cubierta con una toalla blanca, se dirigió hacia las ventanas francesas de la terraza dejando pequeños charcos a su paso. El verbo chapotear. La luz estaba encendida de nueva cuenta en la habitación de enfrente. Se acercó al barandal. Abajo, apenas distinguible entre las sombras, se vislumbraba el perfil de un hombre. El humo del cigarrillo. La melodía, que no cesa. La sonrisa, ese animal.

El origen de la electricidad son las cargas eléctricas, estáticas o en movimiento, y su interacción. Una carga eléctrica en reposo produce fuerzas sobre otras cargas. Si la carga eléctrica está en movimiento, produce también fuerzas magnéticas. Hay solo dos tipos de carga eléctrica, las positivas y las negativas.

En una guerra no es posible no matar. Recordó la frase. Luego esperó, como hace diecisiete años, la descarga. El súbito resplandor.

El último signo

El ejecutor de una empresa atroz debe imaginar que ya la ha cumplido, debe imponerse un porvenir que sea irrevocable como el pasado.

Jorge Luis Borges,
"El jardín de senderos que se bifurcan"

El remolino llegó de la nada. Caminaban a paso lento sobre el camellón cuando, de súbito, las hojas de los árboles empezaron a elevarse en espiral junto con pedazos de periódico y botellas de plástico. El polvo lo obligó a cerrar los ojos y, casi de inmediato, a tomar con fuerza el delgado tallo de un álamo. Un abrazo. Tiempo después, uno de los transeúntes que miraban el espectáculo desde la acera contraria diría en su testimonio que la imagen del hombre abrazado al árbol le había parecido hermosa: llevaba el portafolio en una mano y la corbata, delgada y de color azul celeste, se remontaba hacia el cielo junto con su cabello. Añadiría: había orfandad en eso. Ganas de quedarse. Cosa de naufragio.

El transeúnte, que hablaba como poeta, no diría nada de la mujer.

Apenas abrió los ojos, el Hombre del Árbol fue hacia ella. Tenía preparada la sonrisa del reencuentro, el deseo de contarle que, en su infancia, alguien le había dicho que los remolinos de ese tipo —súbitos, delgados, violentos— significaban que el diablo andaba cerca. Pensaba que eso le daría a ella motivos para extender los labios y sacar de sus pulmones, del interior húmedo de su cuerpo, la carcajada jocosa y cierta que tanto le complacía. Imaginaba que ella lo tomaría de la mano y, todavía riendo, acaso también moviendo la cabeza, se lo llevaría de ahí. Que caminarían juntos, imaginaba. Pero no la encontró.

Pensó que el remolino la habría asustado y que ella, venida de tan lejos y desacostumbrada a esos fenómenos climáticos, se refugiaría en casa. Pensó que, desorientada por la violencia del viento, habría encontrado amparo en algún portal cercano. Pensó que acaso la encontraría en el almacén de junto, buscando discos y entornando los ojos. También pensó, aunque solo por un instante, que el remolino se la había llevado de la cintura a la casa del diablo. Entonces volvió a sonreír y se dirigió con pasos despreocupados hacia su casa.

La primera vez que le habló por teléfono tuvo la impresión de que, aunque no contestara, ella se encontraba ahí, sus manos bajo el chorro de agua con la que lavaba un plato, dos tazas, una cuchara. Le gustaba la mesura de sus movimientos, esa manera suya de moverse entre los objetos del mundo como si estuvieran a punto de romperse o de destrozarla. Su voz modulada. La forma en que bajaba la vista frente al halago, el coqueteo o la vergüenza. Sus menudos pasos sobre la duela. Cuando marcó su número por segunda vez imaginaba su cintura, la misma zona estrecha de su cuerpo que ya antes había visualizado entre los brazos del diablo. Volvió la vista hacia el cielo nocturno: dos criaturas enredadas como hebras de humo allá en lo alto. Esfumándose. Tomó el té verde que ella había llevado a su casa en una pequeña lata de estaño, enseñándole luego la manera correcta de prepararlo y, más tarde, de tomarlo. Pronunció su nombre. Dijo: Xian. Entonces volvió a levantar el auricular. Ya era pasada la medianoche cuando se empezó a preocupar.

A la Detective que se hizo cargo de su caso le diría, de manera enfática, que no había notado nada extraño en la conducta de la mujer el día del remolino. La había encontrado en el restaurante de siempre, un establecimiento pequeño, sin pretensión alguna que, sin embargo, servía platillos de sabores a la vez complejos y delicados que, rápidamente, habían provocado su devoción entusiasta. Entre bocado y bocado habían conversado, como de costumbre, sobre asuntos cotidianos. El clima. El tráfico. La presencia de la pimienta o del clavo. El regusto del ajo. Luego, después del café, habían decidido caminar de regreso, cosa que también hacían con frecuencia. Él tomó su portafolio; ella, su bolso de mano. Cruzaron la avenida y, fue ahí, justo en el camellón de los álamos, que el remolino se formó, súbito y de la nada. Él solo alcanzó a cerrar los ojos y, por instinto, se aproximó a algo que, segundos después, reconoció como el tallo de un árbol. Supuso que la mujer había hecho lo mismo.

—¿Sabía —le preguntaría la Detective ocultando los ojos en la taza de café— que ese día murió en la provincia de Hunan alguien relacionado con su amiga?

—¿Yan Huanyi? —preguntaría él a su vez, incrédulo.

—Así es —mencionaría, extendiéndole un papel muy delgado y de color amarillento que parecía, y esto también le pareció increíble, un telegrama.

—Pensé que ya no funcionaba —murmuraría con el papel todavía en las manos—. Telégrafos, quiero decir. Este sistema de comunicación —se detendría en seco, avergonzado, porque tampoco podría creer que, mientras se concentraba en la desaparición de Xian, su mente se ocupara también de un asunto tan banal y lejano.

La Detective bajaría la vista y el Hombre del Árbol no podría evitar hacer el paralelismo: adoraba ese movimiento a la vez tímido y escandaloso que, en su versión del mundo, le pertenecía a Xian. Era un gesto que no podía pasar desapercibido, especialmente en una mujer de trabajo. Se trataba de un ademán antiguo que, en su imaginación, solo podía venir de muy lejos, de un mundo a punto de desaparecer. Eso era Xian para él, se daría cuenta: un mundo lejano, en proceso de extinción. Una especie en peligro. Y ahora Xian había, efectivamente, desaparecido. Ahora Xian había cumplido una promesa no ofrecida.

—Cualquier cosa que recuerde nos podría ser de mucha ayuda —diría la Detective antes de incorporarse, justo mientras le ofrecía la tarjeta con sus datos personales. Luego se despediría de mano y, a paso rápido, cruzaría la avenida.

Lo único que recordaría mientras la observaba confundirse con otros transeúntes bajo la luz pegajosa de la tarde sería el sonido del remolino dentro de sus oídos. Un tremor apenas. Un filoso silbido. El choque sonoro de cosas nimias y pequeñas. Un baile de desperdicios. Y más atrás, ya cuando el miedo había encontrado su lugar dentro del estómago, el latido del corazón, el chirriar de los dientes. El encuentro del esmalte y el polvo y la saliva. Una forma de trituración. Una verdadera tortura. Se recordaría a sí mismo, muchos años atrás, en otro sitio. Recordaría la época de las tolvaneras y la manera en que solía sostenerse de los postes de luz, rugosos y oscuros, para evitar lo que imaginaba como posible: ser remontado por el viento. Recordaría las amplias avenidas por las que se deslizaban varas secas, triciclos, basura de todo tipo. El temor regresaría con el gesto: la mano que se agarra de algo ante la posibilidad informe del desprendimiento. Ante la posibilidad de la soledad. Ante esto.

—Xian —lo diría en voz alta para nadie—, Xian es una mujer extraña.

Entonces, lentamente, emprendería el camino de regreso a su casa.

Días después, el vecino de Xian diría en su testimonio que, ya tarde, vio por la mirilla al hombre frente a la puerta de junto. Lo conocía, por supuesto. Lo había visto con cierta frecuencia. El Hombre Frente a la Puerta sacó un par de llaves del bolsillo de su saco, introdujo una de ellas en el cerrojo y dio los pasos necesarios para encontrarse dentro. Lo describiría como un hombre taciturno y cansado, silencioso. Diría que, juzgando por la ausencia de ruido, el hombre no había hecho otra cosa más que dejarse caer sobre el sillón de la sala, un asiento forrado de rojo damasco que a él le parecía no solo cómodo sino también hermoso. Acaso se había entretenido observando el techo, aunque era igualmente posible que se hubiera quedado dormido. El vecino repitió en voz baja: dejarse caer. Eso se imaginaba que había hecho él. Eso, por supuesto, le había parecido sospechoso.

No supo por qué o en qué momento tomaría la decisión pero, ciertamente, en lugar de dirigirse a su casa, caminaría en dirección a la de Xian. Tal vez el viento. Tal vez una súbita nostalgia. Abriría la puerta con su juego de llaves y entraría. No sabría a ciencia cierta cuánto tiempo estuvo ahí, pero al salir, ya de noche, ya en el punto más oscuro de la noche, llevaría un pañuelo en el bolsillo derecho de su camisa. Nadie que no hubiera buscado ese pañuelo específico lo habría encontrado ahí, tan cerca de su cuerpo, en una posición tan visible. Sobre el pecho.

El Hombre que Temía a los Remolinos sabría que el nüshu es una lengua secreta. Era. Sabría que las mujeres de la provincia de Hunan lo habían creado en el siglo III y que, desde entonces, lo transmitían de generación en generación como un escandaloso secreto femenino. Sabría todo lo que le había dicho Xian de esa escritura de mujeres: que era una forma de expresión en un medio de otra manera opresivamente masculino; que se inscribía en papel o se pintaba sobre abanicos o se bordaba en pañuelos; que componía las así llamadas Misivas del Tercer Día con que las amigas y familiares le mandaban consejos a la recién desposada. A la mujer ida. Sabría que el nüshu constaba de rasgos delgados y finos —rasgos que a él le parecían encantadores—. Y sabría, por supuesto, del abismo entre la provincia de Hunan y los soldados de terracota de Xian y, por eso, no le habría creído nada. Por eso la habría dejado hablar.

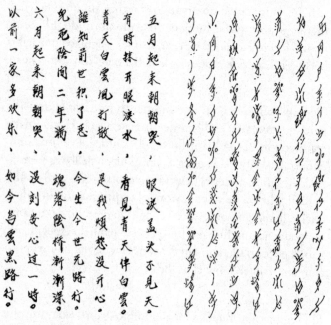

五月起来朝韶哭，眼泪盈天不见天。
有时抹开眼泪水，看见青天伸白云。
青天白云风打散，是我烦恼没开心。
誰知前世积了恶，今生今世无路行。
兒死阴间二年满，魂落阴桥渐渐深。
六月起来朝朝哭，没到安心过一时。
以前一家多欢乐，如今为云黑路行。

Texto en chino   Texto en nüshu

El transeúnte que, tiempo después, habría rendido su testimonio, insistiría en que nunca vio ahí, al lado del Hombre Abrazado a un Árbol, a mujer alguna. Diría, enfáticamente: "Ahí no había ninguna mujer. Estoy seguro de eso".

El vecino que, días después, habría recordado algo que pensó sería de utilidad llamaría y diría, de forma sucinta, que extrañaba los murmullos. Diría que no se había dado cuenta de inmediato, ni mucho menos mientras habían estado ahí. Que solo supo de los murmullos cuando dejó de escucharlos. Brillar por su ausencia. Diría que, ahora que lo recordaba, sabía con exactitud que los murmullos se iniciaban por la tarde y no era raro que continuaran hasta ya entrada la noche. Algunas veces, incluso, lo llegaban a despertar de madrugada. Se corregiría: no lo despertaban los murmullos que, por naturaleza, carecían de estridencia. Lo despertaba el frío o el movimiento súbito de los pies de su esposa bajo los cobertores o el espasmo de alguna pesadilla. Ya despierto, los oía. Ya cuando tenía varios minutos despierto, cuando la noche regresaba a su ritmo anterior, cuando tenía ya rato observando el techo, entonces los escuchaba. Dos voces entrelazadas. Dos voces como dos cuerpos de una suavidad indescriptible. Una canción de cuna. Un rezo. Algo que lo volvía a adormilar y lo regresaba, sin espanto, a su sueño.

Me gustaría que esta historia transcurriera en una provincia muy lejana, en una pequeña aldea cubierta de nubarrones grises y blancos. Un día húmedo. Eso decía el inicio del diario que, horas después, sería incorporado como evidencia al caso que ya para entonces llevaba por nombre la Desaparición de la Mujer tras un Remolino. *Me gustaría que fueses una mujer de la China.*

Las mujeres chinas siempre le gustaron. Las frágiles muñecas. Las lacias cabelleras. Los ojos café claro. El fino esqueleto. Cuando entraba en ella, le gustaba imaginar que podría atravesarla. Le gustaba imaginar que traspasarla era cuestión de tiempo. Las imágenes eran estas: una mariposa ensartada en una pared de corcho. Un insecto perforado en una limpísima mesa de laboratorio. Una cuenta engarzada a otra: estallido de colores. El Hombre que Temía a los Remolinos no le dijo a la Detective nada al respecto. Esa información la colegiría ella, días después, de su lectura del diario de tapas forradas con satín rojo-anaranjado que reposaba, contra las reglas de su oficio, dentro del cajón de su escritorio. No solo era que el cuaderno contenía una suerte de escritura en dos letras distintas que la intrigaba, sino que también el objeto le parecía hermoso. Era obvio que el diario dentro del cual se desarrollaba una historia que uno de los dos involucrados deseaba que ocurriera en otro lugar, un lugar lejano y húmedo, constituía algo más que un recipiente adonde iban a parar los acontecimientos compartidos. Después de su primera lectura, una lectura atropellada y llena de curiosidad, una lectura que más bien parecía un proceso de digestión, la Detective no podría sino pensar que el diario en el que se inscribían los deseos de los amantes era, a su vez, acaso sobre todo, el origen de nuevos deseos. Una especie de motor. Una máquina. Deseos cada vez más explícitos. Deseos de fusión. Deseos cada vez más exactos. Deseos punzantes. Esos deseos que la mantendrían leyendo el diario a lo largo del día y, a veces, de la noche, entraban en el territorio del papel con esa tinta color guinda cuya densidad y aroma le recordaban el buqué de un buen vino. Frente al diario, leyéndolo con aprehensión y sin consuelo sobre la superficie desordenada de su escritorio, la Detective parecería en realidad estar comiendo y bebiendo. Resultaría claro entonces que, a falta de otros víveres, la Detective se alimentaba así.

Un par de días después, ya cuando los habitantes de la ciudad hablaban obsesivamente sobre los hechos, el periódico de la tarde lo expresaría de la siguiente manera: MISTERIOSO REMOLINO. DESAPARECE MUJER DE LA CHINA.

Tallar tu espalda. Marcar tu espalda. Abrir surcos en la piel de tu espalda. Morder tu espalda. Subir por tu espalda. Agujerear tu espalda. Ver la gota roja que resbala por tu espalda. Chupar tu espalda. Provocar a tu espalda. Reposar en tu espalda.

Los signos tallados marcados abiertos en mi espalda. Los signos, que son agujeros, en mi espalda que es tu espalda. Chupada provocada reposada la espalda. Una duna. Un valle. Una ondulación. La Espalda. Espa(l)da. Es(c)alda.

Semanas después, la mujer que limpiaba el departamento de Xian diría, en un español con acento, que ella personalmente lavaba las sábanas manchadas de sangre a mano, en el lavadero de piedra que estaba detrás de la cocina. Era una faena agotadora que le tomaba, con frecuencia, horas enteras. Utilizaba, para esta tarea, jabón de lavanda. Diría que le gustaba aspirar el aroma de las sábanas después, cuando ya colgaban del lazo de yute, allá arriba, en la azotea. Sus sombras como una lenta danza entre fantasmas. Diría que no era sino hasta entonces que se preguntaba qué había pasado sobre ellas, sobre las sábanas. Qué querrían decir aquellos signos con olores acedos y rancios. Esas huellas. Nunca encontraba la respuesta. Nunca hacía la pregunta en voz alta.

Tocar tu muslo. Macerar tu muslo. Triturar tu muslo. Marcarlo como se marca la piel muerta.

El calor del hierro. La fuerza del hierro. La inscripción. El grito. La súbita inhalación. La exhalación que tiembla.

Tocar mi muslo. Marcar mi muslo. Triturar mi muslo. Marcarlo como se marca la piel muerta. Revivirlo.

El muslo. El destierro.

Son dos escrituras, le explicaría después la Detective al Policía Joven que, apostado bajo el dintel de la puerta, la miraba con atención. Pies cruzados. Zapatos negros. Pantalones estrechos sobre los muslos. Se trataba de dos escrituras, ciertamente, pero resultaba imposible saber cuál le pertenecía al hombre, cuál le pertenecía a la mujer. Resultaba imposible saber quién le hacía qué a quién, quién se dejaba hacer, quién deseaba, quién deseaba más.

—Explícame eso —le contestaría el Policía Joven, intrigado e inmóvil. Estatua bajo el dintel de la puerta. Nociones de Roma.

—Es el sujeto —balbucearía ella por toda respuesta, entornando los ojos—. Debe ser el sujeto —repetiría. Luego, hablando más para sí que para él, añadiría:

—Nunca sé quién es el sujeto de la oración.

—Ah, eso —murmuraría él—. Una oración.

Muchos años después, el Hombre que Juraba Haber Perdido a una Mujer de la China se preguntaría por qué se había hecho el tatuaje justo en esos días. Se preguntaría con cierta insistencia, sobre todo cuando veía la lluvia detrás de una ventana vespertina, por qué se había grabado ese signo incomprensible en la parte posterior del lóbulo izquierdo de la oreja justo en los días en que la Detective y el Policía Joven investigaban, con una pasión que desde el inicio se le antojó calificar como de desatada, el caso de la mujer desaparecida.

Segundos después de atisbar el trébol de cuatro hojas en la parte posterior del lóbulo de su oreja, la Detective fruncíría el ceño y pensaría que en realidad no sabía nada del Hombre que Tenía Frente a Sí. Parecía normal, la camisa a rayas así lo dejaba ver, pero estaba al tanto de que las apariencias solían ser una puerta de entrada y no necesariamente una de salida. Un túnel oscuro entre las dos.

—¿Y eso? —no podría evitar preguntarle, señalándole el lado izquierdo de su nuca con fingida ligereza.

Después de llevarse, por instinto, la mano hacia la parte posterior del cuello, el hombre sonreiría entonces y guardaría silencio. La vería de frente, súbitamente inmóvil. La Detective, acostumbrada a descifrar conductas inesperadas, sabría que el hombre, de verdad, no sabía qué contestar. El Hombre que Tenía Frente a Sí era, con toda seguridad, un Hombre Sin Respuestas.

En el momento de escoger el diseño habría pensado en los mares del sur y habría oído, en ese instante, la palabra *inconmensurable*. Un eco. Dos. Habría escuchado la palabra *ta-tau: marca sobre la piel*. Pensaría en Polinesia. Pensaría en los maoríes, para quienes tatuarse la cara era un signo de distinción social. Escribiría en algún lugar de su mente los signos XVIII, sabiendo que significaban *el siglo dieciocho*. Imaginaría los barcos que llevaban y traían a James Cook y desearía, con un deseo tan inconmensurable como el que le había provocado la mera idea de los mares del sur, ir ahí: ir sobre un navío. Dejarse llevar.

Marcarte sobre mí. Marcarte en mí. Marcarme contigo.

Abrir la piel; cortar la piel; penetrar la epidermis: introducir la tinta.

Marcarte con tinta: mascarte, macerarte, morderte. Deglutirte.

Fundarte con tinta. Encuadernarte.

Frente a otro remolino, el Hombre que Juraba Haber Perdido a una Mujer de la China se preguntaría, un año después, si todo, en realidad, había acontecido. Lo miraría de lejos, desde detrás de la ventanilla de un coche, protegido de su entorno. El diablo, se diría. Y luego presionaría el acelerador y evitaría ver la nube de polvo por su espejo retrovisor.

Ya cuando la atención pública sobre el caso de la Mujer Desaparecida Tras un Remolino hubiera decaído, la Detective los imaginaría a los dos recostados sobre un lecho de satín, las pantorrillas asomándose apenas por las orillas del edredón, dictándose párrafos enteros el uno al otro. Una mañana. Su concentración en la escena sería tanta que, aun al abrir la puerta de su coche, al encenderlo, al avanzar por las calles de su ciudad, podría oler el aroma de sus cuerpos: una leve mezcla de semen y tinta y sudor y vino. Justo al apretar el pedal del freno frente a un semáforo en rojo podría percibir el tufo del deseo cuando se dicta a sí mismo una condena. Su condena. Y en ese momento tendría que admitirlo: los deseaba. Quería ser uno de ellos. Quería estar ahí, en el lecho. Quería ser parte del hecho. Y ser marcada de esa manera violenta y sagaz, lúdica, infantil. Por eso seguía leyendo: *Me gustaría que fueses de la China. Quiero que te metas en mi boca-tersa desnudez: un cuchillo. Quiero el ardor del golpe y la lenta agonía del laceramiento. El alfiler. La uña. La pinza. Quiero la letra.* Luego pensaría que la súbita visión matutina, en apariencia incongruente, en apariencia gratuita, de esos dos cuerpos sobre el lecho de satín estaba asociada, por fuerza, a la figura del colibrí suspendido frente a la flor abierta cuyo aleteo la había angustiado ese amanecer. El incesante aleteo. Un hombre y una mujer sobre un lecho de satín: el desesperado aleteo: un hombre y una mujer que escriben las palabras de su mutuo daño: el irremediable aleteo: un hombre y una mujer dictándose su pena, su deseo, su espera. El aleteo. Solo así se podía explicar, le diría al Policía Joven un poco más tarde ese mismo día, la autoría itinerante de cada entrada del diario. Ese no saber. Esa oscuridad respecto del sujeto. Solo así podía explicarse que el diario, que la escritura del diario, constituyera, a la vez, la revelación más íntima y el enmascaramiento perfecto de los dos. Solo así podía explicarse los murmullos. Esas tardes. Esas noches. Y la oreja del vecino insomne sobre la pared de junto.

Tú en lugar de mí: yo en el lugar tuyo.
In-tu-yo: en ese lugar. Si fueses de la China.
Un lugar húmedo: tu-yo.

—¡Pero esto no es un trébol! —murmuraría, con cierta estupefacción, ya en la madrugada, al inicio o final de uno de aquellos días aciagos, cuando aún creía que podía resolver el caso, cuando todavía imaginaba que el caso de la Mujer que Desapareció Detrás de un Remolino tenía remedio o solución. Sus dedos largos: de cortas uñas uniformadas: sobre el diseño de la figura grabada en la piel masculina. Una especie de tremor. Una larga espera.

—Efectivamente —le contestaría él, medio adormilado pero, aun así, alerta—, esto no es un trébol —y en ese momento, justo al terminar la frase, se volvería a verla: la boca abierta, los cabellos despeinados, la espera atroz. La Detective, se daría cuenta de eso hasta entonces, era una mujer tensa como una cuerda de mandolina, con la curvatura apenas disimulada de una alta palmera, presa de una extraña vida mental. Frente a eso, frente a esa conjunción de velocidades que era la Mujer Tensa, la Mujer a Punto de Romperse, tendría unas ganas inmensas de pronunciar las palabras *mares-del-sur*, *Ta-tau*, *Maoríes*, pero no lo haría.

—Es un vocablo nüshu —murmuraría cerca de su oído—, Guanyin —se alejaría un poco para volverla a ver de frente, disfrutando la manera en que la Detective sufría la espera—. El nombre de una diosa budista.

—¿El último carácter? —le preguntaría ella entonces, guiñándole el ojo izquierdo. Un golpe cuando va de regreso. El silencio y, dentro del silencio, el golpe que se estrella en el pómulo del Hombre Tatuado. El ruido del golpe y, dentro del ruido del golpe, el sonido seco de la cabeza que choca contra los mosaicos.

—¿Y su nombre era, de verdad, Xian? —inquiriría todavía después: el cuerpo del hombre sobre las sábanas de satín: el colibrí suspendido del otro lado de la ventana: la Mujer Vengativa que se va.

El transeúnte que rendiría una y otra vez su testimonio volvería a decir, cada vez con la misma firmeza, que no había visto a ninguna mujer ahí, en las inmediaciones del vendaval. Ninguna mujer, repetiría. No había ninguna mujer ahí.

El Policía Joven le diría, como el penúltimo punto del reporte del día, que según sus someras investigaciones el nüshu, efectivamente, había existido y, efectivamente también, había desaparecido. Se trataba de una especie de código secreto producido por mujeres de la provincia de Hunan que, desde el siglo III, se transmitía de generación en generación. Le mostraría entonces una hoja donde se comparaban los caracteres nüshu y los caracteres chinos y, con ella entre las manos, la Detective podría constatar que los primeros eran cuadrados, y los segundos cursivos y delgados. El Policía Joven le diría entonces que el nüshu no solo podía encontrarse en pergaminos sino también en pañuelos, abanicos, ropa. Objetos domésticos. Cosas de casa.

—O en la piel —balbucearía para sí la Mujer Tensa que, avergonzada por su arrebato, súbitamente sonrojada, bajaría la vista. Ese gesto.

El Policía Joven añadiría entonces, con una especie de compasión que a ella no le podría haber pasado desapercibida, que el idioma mandarín, como fundamento institucional de la cultura china, tenía una estructura autoritaria, jerárquica y solemne, mientras que el nüshu era para las mujeres la lengua de la vida cotidiana, de las emociones, de la espontaneidad, del mundo natural, de los sueños y de los deseos.

Luego, antes de darse la vuelta, mencionaría casi al azar que, por esa razón, las mujeres solían escribir en nüshu las Misivas del Tercer Día, unos folletos escritos sobre tela en los que transmitían a sus hijas consejos sobre el matrimonio. Estas cartas eran enviadas a las novias el tercer día después de la boda. Las mujeres idas.

Habían hablado de eso, lo recordaría mucho, mucho, después. Lo recordaría después de la elección del diseño, después de que saliera de la clínica de tatuaje, después de que el ojo curioso de la Detective lo detectara tras su oreja, incluso después de que ella le preguntara si Xian era, verdaderamente, su nombre. El nombre de la Mujer que Desapareció Tras un Remolino. Lo recordaría una tarde cualquiera, en su coche. Una tarde de semáforos descompuestos. Nubes ralas. Humo en todos lados. Recordaría que habían hablado de eso, del tatuaje. Del último vocablo. De la marca que llegaría a representar, en el futuro, en un futuro inimaginable, la palabra *fin*. El hecho.

—El fin de la escritura —le había susurrado entonces, su mano derecha sobre el pezón rosado de la mujer, los
labios olorosos a jazmín sobre su cuello.

—El fin de esto —uno de los dos lo había dicho. Esto.

Cuando comenzara a olvidarla, cuando hasta él mismo se
empezara a preguntar si su nombre verdadero había sido,
efectivamente, Xian, el Hombre que Temía a los Remolinos entraría por primera vez en una cantina. Habría
caminado sin rumbo fijo, a una velocidad moderada aunque preso de angustia, bajo la resolana de la tarde. Habría
caminado sin parar solo para encontrarse, ya entrada la
noche, vacío, sin ansias, con sed. Empujaría así las puertas abatibles del local para aproximarse sin demasiado
ánimo a la barra. Habría ordenado lo primero que el mesero, un hombre de prominente estómago y de chaleco
negro, le ofrecería: un tarro lleno de un líquido viscoso
coronado de espuma. Habría guardado silencio, evitan-
do hacer contacto visual con los otros comensales. Habría
investigado la punta de su zapato derecho, las manchas en
el gran espejo biselado que reflejaba el interior, la esquina
más lejana del techo. Así podría haber pasado horas enteras. En esa inmovilidad. En esa pétrea manera de estar
solo. Entonces, interrumpiendo todas esas horas que bien
pudo haber pasado inmóvil y solo, habría aparecido el
otro hombre. Tan cansado como él. Tan agazapado como
él. Tan escurridizo. El Hombre Que Juraba Haber Perdido
a una Mujer de la China se habría identificado a tal grado
con el recién llegado, con el Hombre Parsimonioso que
Ocultaba la Vista, que al hacerle la pregunta "¿A ti también te da terror regresar a tu casa?" habría pensado que se
hacía esa pregunta a sí mismo. Algo extraño, algo oscuro,
algo acaso nimio y acaso innombrable habría compelido

al Hombre Agazapado, al Hombre Escurridizo, para salir de su silencio murmurando entre dientes: "A mí lo que me da miedo es mi cabeza".

—¿Te imaginas cosas cada vez más terribles? —le habría preguntado entonces, ahora con el interés que solo puede suscitar lo diferente. El fin de la identificación.

El Hombre Escurridizo habría bajado la vista (ese gesto) y en el silencio que respondía la pregunta por él se habría escondido un buen rato. Los brazos cruzados sobre el pecho como si tuviera frío.

—Imagino —diría después de beber tres o cuatro tragos de su bebida viscosa, avanzando y deteniéndose en seco un par de ocasiones, abriendo y cerrando la boca sin atinar a decir nada—. Imagino que mato a una mujer, por ejemplo —la voz casi inaudible al final de la frase.

—¿Imaginas que le cubres la boca los ojos los senos? ¿Imaginas tus manos apretando destrozando arañando apretando más? La sangre, escurriendo, gota a gota, ¿la imaginas? ¿Te imaginas atravesándola hendiéndola fragmentándola? ¿Imaginas el último aliento?

—Imagino que la mujer desaparece detrás de un remolino, una tarde —murmuró con los ojos clavados en el líquido viscoso—. Eso imagino.

Otro transeúnte aseguraría en su declaración que sí había habido una mujer ahí, detrás del remolino. Diría que la imagen le pareció memorable porque se trataba del rostro de alguien que había llegado demasiado lejos. Se corregiría de inmediato, añadiría: era el rostro de una mujer que había llegado demasiado lejos y que estaba lista, sin embargo, para alejarse aún más. Se preparaba para eso. Una larga travesía.

Diría que no lo había dicho con anterioridad porque nadie se lo había preguntado.

Tiempo después, justo cuando trataba de resolver uno de los casos más difíciles de su historia, el caso de los Hombres Castrados, la Detective estaría a punto de lanzar su mano, las yemas de sus dedos, hacia la marca del cuerpo de otro sospechoso. En ese instante lo recordaría todo. Experimentaría el deseo, efectivamente. Ese velo atroz. Ese punzar. El sonido que, como el vendaval, hace audibles los sonidos del cuerpo. Ese soterrado signo de exclamación. Ese estrellarse. Y se acordaría entonces del tatuaje indescifrable que, desde la nuca de aquel Hombre que Juraba Haber Perdido a una Mujer de la China Detrás de un Remolino, la había obligado a perderse. Dentro. Dentro de sí. Fuera. Recordaría la sensación de la piel hendida bajo su tacto (la piel impresa) (la piel sellada) y el vahído, una sutil manera de resbalar hacia ningún lado, la envolvería de nuevo. La velocidad: un rostro que desaparece y aparece: una contraluz: las madejas de aire que, alrededor del cuello, de las muñecas, de la cintura, aprietan. Y aprietan. Recordaría el lecho de satín, los pies helados, la tinta que, escarlata, resbalaba por los muslos, la comisura de los labios, la pantorrilla. Recordaría la rúbrica del diente en el abdomen, la estampilla de las uñas sobre los senos, los cabellos enredados en los nudillos. Recordaría la vista alucinada sobre Lo Mismo. Una imagen tras otra. Una imagen más. Un constante punzar. ¿Hasta dónde se pude llegar? Lo recordaría todo y, entonces, la mano vuelta puño se quedaría inmóvil dentro de su bolsillo.

Los surcos en tu piel, abiertos. Meterme ahí. Tinta, mano, uña, yugo.

Escribirte. Verdaderamente escribirte. Signo, cuña, alfiler. Escribirte aquí: el lugar tu-yo.

Literalmente escribirte ¿de acuerdo?

Antes, antes de todo, el Hombre Que Juraría Haber Perdido a una Mujer de la China se detendría frente al remolino. Sentiría el miedo primero (una especie de vahído) (una forma de resbalar hacia ningún lado) (este punzar) y, luego, casi de inmediato, recordaría que, en su infancia, alguien le había dicho que ese tipo de remolinos —estrechos, súbitos, verticales— querían decir que el diablo merodeaba. Entonces lo vería todo de una vez: el diablo, el cuerpo del diablo, los brazos del cuerpo del diablo, estrechando la cintura de una mujer. Un vals. Una estridente melodía de violines. Los pies levitando.

Raro es el pájaro que puede atravesar el río Prípiat

⊗

[Música electrónica]

Esto es lo que la Mujer Joven escucha a través de los audífonos mientras brinca (el cabello en lo alto) (las manos en puño) (los pies lejos del suelo) con los ojos cerrados:

Intro-percusiones-(eq +graves)-acordes piano **Kontakt** (delay)-melodía piano **Kontakt** (**filtro** band pass)-acordes sintetizados del Vst A1 **Waldorf**, sonido Warm Pad (**filtro** low-pass 24 Db), Velocity 50%, modulación+3, osc1+2 en sync, chorus/flanger 90% depth 100%, mixer 70%, ring Mod 65% Osc2 50%, PW Mod 90%, PW 50%, _Detune 45%, Square, **LFO** Speed 50%, Range 3, Glide on 25% **ADSR OSC1** normal, **ADSR OSC2** normal (50%, 45%, 50%, 75%)-Armonía ambiental Vst A1 Thin Whistles WFM (**filtro** high-pass 12 DB, cutoff 54%, Velocity 60%, modulación+6, osc1+2 en sync, chorus/flanger 50% depth 100%, mixer 50%, ring Mod 35% Osc2 50%, PW Mod 60%, PW 40%, _Detune 0%, Square, **LFO** Speed 50%, Range 3, Glide off 0% **ADSR OSC1** (30%, 60%, 75%, 80%), **ADSR OSC2** (50%, 60%, 30%, 40%). Bassdrum 4x4 (tambora sample, EQ agudo, compresor 45%) Congas Kontakt (tambora sample, EQ medio, spectral delay 5%). Bajo VST VB-1 Warm Bass (shape

40%, detune 66%, Vol-1.93, pastilla media), Ritmo con Vocoder tambora samplefiltrado electribre y electroharmonics de variadas especificaciones.

La ventana abierta frente a ella. El aire a través de las cortinas. Un súbito cambio en el color gris. Todo eso la detiene en seco. Todo eso (que no percibe) (o que percibe, pero no sabe que percibe) la obliga a caminar en línea recta, cautelosamente, sobre los mosaicos cuarteados. Los audífonos sobre las orejas. Suelas sobre mármol.

Esto es lo que ve cuando descorre las cortinas: una ciudad abandonada. Hay altos edificios rectangulares. Hay parques cubiertos por la nieve. Hay azoteas blancas. Arboledas. Un río congelado. Aves negras. Grandes barcos de hierro. Un a-lo-lejos. Un no-hay-más-allá. El cielo gris, imperturbable, sobre todo eso. Sobre el Prípiat.

Cuando se asoma por la ventana y siente el escozor del aire sobre el rostro, lo único que la sorprende es el silencio. Pesado. Omnipresente. Escandaloso. Nunca lo había escuchado antes. Eso parece: que nunca. Antes.

Esto es lo que hace (en estricto orden cronológico): parpadea mientras algo dentro de ella intenta explicar / transcribir / traducir lo que ven sus ojos; ahoga un gemido de impotencia o de frustración o de nada; se da la vuelta; se quita los audífonos de las orejas; corre hacia la puerta abre la puerta cruza la puerta; baja las escaleras a toda prisa (la palma de la mano derecha sobre el barandal de hierro); avanza a través del rellano del edificio (la palma de la mano izquierda sobre la boca del estómago); abre el portón principal, cruza la calle y, ya afuera, detenida en el centro mismo de la plazuela, sola como una asta, titiritando, presa del inicio de la náusea, se da cuenta de que tiene frío.

El silencio, primero; el frío, después. Ella entre los dos extremos.

En el camino de regreso (mientras tiembla) (mientras se soba los antebrazos) (mientras piensa en lo extraña que es la expresión "piel de gallina") lo intuye una vez más. Lo inimaginable sigue ahí. Lo que no-se-puede-concebir.

La mente en blanco. Esa cortina. Esa capa de hielo.

En la habitación, al cerrar la ventana sin dejar de ver hacia abajo (una manada de caballos sobre el asfalto), no tiene otra alternativa. Tiene que aceptarlo. Esto es lo único que acontece: hay una muchacha sola dentro de una ciudad vacía.

Todo esto bajo el sonido de la música electrónica que sale (todavía) de los audífonos.

⊗

[El hombre y el niño]

Los ve por primera vez (aunque no se da cuenta) en el camino de regreso a su departamento. Va deprisa y, sin embargo, los ve (aunque sin verlos) a través de una puerta semiabierta. La respiración acelerada y el latir violento de su corazón no le permiten darse cuenta de nada, pero los ve alrededor de una mesa rectangular, alumbrados apenas por una lámpara de alcohol o de petróleo. Es un Hombre Mayor de cabello ralo y blanco. Y es un Niño Delgadísimo. Dos esqueletos. Dos estatuas. Ningún ruido entre ellos.

La segunda ocasión en que los ve (aunque para ella es la primera) ocurre cuando, minutos después de pensar la frase "hay una muchacha sola en una ciudad vacía", decide apagar el aparato de sonido portátil y quitarse los audífonos. Allá abajo, en las calles vacías, el galopar de una manada de caballos. El ruido de los cascos contra el asfalto. Los relinchos. Allá abajo, en una de las habitaciones de su edificio, algo. Va despacio esta vez (meditabunda).

—Pensé que era la única —murmura al empujar la puerta con mucho cuidado. El rechinido del tiempo. La apertura del color.

El Hombre y el Niño elevan los rostros al unísono. El pequeño le sonríe (un gesto desasido de sí) mientras que el Hombre Mayor la mira fijamente, sin pestañear, sin expresión en el rostro. Las letras: PRÍPIAT: talladas en la madera de la mesa. Fracturas. Un mensaje cifrado.

—Nosotros también —dice el Niño en voz baja—. Pensamos que ya no quedaba nadie más.

El aire a través de las cortinas. El aroma punzante de algo (todavía) desconocido. El silencio de color gris.

—¿De qué material es tu abrigo? —le pregunta el Hombre Mayor después. Todavía sin pestañear; todavía sin expresión en el rostro. Ella (sin percatarse en realidad) (de manera automática) inclina la mirada pero, antes de llegar a cualquier conclusión acerca del material de su abrigo, cuando está a punto de saber lo que hace, eleva los ojos y lo enfrenta. El Niño, entonces, la toma del codo y la dirige con suma lentitud (como si ella o él estuvieran enfermos) al otro lado de la puerta. Afuera.

El olor punzante. La claraboya hexagonal y un rayo de luz. La amplitud del espacio interno. El ruido sobre los frágiles escalones de madera.

—Le preocupa el futuro —susurra. Luego le sonríe como si eso lo explicara todo y no añade nada más.

⊗

[Contexto exterior]

Aquí, en este papel blanco, en esto que todavía se llama página, hay un copo de nieve justo antes de convertirse en agua.

Esto es la humedad que viene.

Lo que se deshace.

Un árbol crece dentro de una casa.

⊗

[Contexto interior]

Dentro de esta página, aquí, hay una Mujer Muy Joven que repite en silencio la frase "raro es el pájaro que puede atravesar el río Prípiat". Mientras lo hace, mientras el silencio repite esta frase dentro de su cabeza y tres barcos encallan en un meandro del afluente navegable del Dniéper y la nube radiactiva se convierte en un suave color violeta alrededor de la cabeza, la Muchacha no hace más que pensar en la posibilidad de cruzar el río Prípiat. La posibilidad de no ser pájaro.

⊗

[Cabeza como bola de cristal]

El Hombre Mayor se incorpora de la silla, abotona su abrigo y da los tres pasos que lo separan de la ventana (lentamente) (con dificultad) como si se tratara de largos kilómetros vacíos. Una cordillera. Un llano en llamas. El desierto azotado por los vientos del harmatán.

Dice: Turkana (sin volverse a ver los rostros impávidos del Niño y la Muchacha).

Dice: Hay un lugar que se llama Magadi (todavía sin verlos).

Y la voz que viaja desde el cristal entumecido de la ventana hasta las orejas rojas del Niño y la Mujer Joven lleva algo de celeste y algo de otro color desconocido (inexistente). Ese tipo de anhelo. Ese tipo de forma que toma, a veces, el anhelo.

Dice: No sé si lo conseguiremos (y entonces vuelve la cabeza y, casi al mismo tiempo, el torso; al final, los pies).

El Niño y la Joven (inmóviles) no saben qué hacer frente a la mirada (hueca) (alucinada) (difícil de describir) del Hombre que, ahora, da la impresión de ser menos mayor. Sobre su cabeza la suave oscilación de un candelabro de cristal. Rodeándolo todo: las grietas (horizontales) que atraviesan las paredes, transformándolas en mapas de lugares a punto de desaparecer. Atrás de él: más allá de la ventana: el blanco sólido del Dniéper. Sobre el cuerpo (delgadísimo) del hombre: un abrigo negro.

—Está soñando —murmura el Niño cuando, poniéndose de puntillas, logra alcanzar el oído de la Muchacha—. Está soñando con la isla.

Entonces sucede esto: el Hombre Mayor da los tres pasos que lo separan de la estrecha mesa de madera (ágilmente) (como si estuviera en un mundo virtual): los brazos extendidos: la mirada, en efecto, alucinada: y coloca cada una de sus dos manos abiertas (largos dedos) (nudillos prominentes) en cada uno de los lados del cráneo infantil.

Cierra los ojos. Guarda silencio. Abre los ojos.

(Entre una cosa y otra pasan años enteros: entre una cosa y otra termina un mundo: empieza un mundo.)

Luego aparecen. Luego se enuncian. La primera imagen es de un amontonamiento de casas de adobe (cuadradas) donde reina un gran (pasmoso) silencio. La segunda imagen, casi yuxtapuesta, es de un amplio (interminable) terreno (plano) salpicado de espigas, plantas, hierbas: todas de ese color amarillo que ha pasado por el fuego. La tercera imagen está llena de cruces (tamaños) (colores). Hay otra en que un barco está embarrancado en medio de un mar (de sal) (de puro veneno). Y una más en que callejuelas terrizas (angulares) abren paso a pequeñas cúpulas de adobe: iglús de adobe: menudas cámaras de naves espaciales: promontorios de suaves líneas sobre la tierra.

El Niño y la Joven (inmóviles) (entumecidos por el frío) no ven las imágenes (no pueden) (no hay imágenes) pero escuchan, con creciente júbilo, con algo de pavor, con incredulidad, con toda su atención, las descripciones (detalladas) (anhelantes) que hace el Hombre Súbitamente Rejuvenecido sin cerrar los ojos (mirada de ciego) y sin mover las manos que rodean el cráneo del más pequeño.

Del otro lado de la ventana: los restos de una central nuclear.

Dice: el camino será largo.

Entonces se sienta a la mesa de nueva cuenta y coloca la mano derecha, como apoyo, bajo la barbilla puntiaguda, y la izquierda, como asta, sobre la frente que, poco a poco, se llena de manchas color marrón, de suaves arrugas. Otra vez.

—Me equivoqué —murmura el Niño, poniéndose una vez más de puntillas para alcanzar la oreja carmesí de la Joven—. No sueña con la isla. Esta vez no sueña con la isla.

—¿Entonces? —le pregunta la Joven que ha tenido que ponerse de cuclillas para alcanzar el oído del Niño.

—Está soñando con Asiut —el tono (candente) (final) de una aseveración.

—Somos una tribu ya —murmura para sí el anciano escondiéndoles la mirada, guardándose los ojos—. Somos un clan.

⊗

[¿Por qué se emprende el camino a un cementerio?]

Porque se está solo. Porque un pájaro se ha estrellado contra el cristal de la ventana y las ráfagas del invierno astillan las tazas de porcelana. Porque no hay otra cosa que hacer. Porque hay una muchacha sola en medio de una plaza vacía. Porque el pasado ya no existe. Porque, de repente, ha desaparecido una ciudad. Porque se siente curiosidad. Porque la pantalla se ha quedado de color blanco. Porque raro es el pájaro que puede atravesar el río Prípiat. Porque la mano huesuda de un niño produce, casi, calor. Porque el abrigo es de material resistente. Porque los audífonos han dejado de funcionar. Porque las paredes están cuarteadas. Porque se tienen deseos de hablar. Porque el cielo gris es inmenso, inabarcable, infinito. Porque un hombre ve las imágenes de su deseo en la cabeza de un niño. Porque los zapatos que se hunden en la nieve dejan huellas como lagos minúsculos. Porque la música electrónica sigue sonando dentro de los oídos de una mujer. Porque se tienen deseos de preguntar por qué. Porque no hay nadie más. Porque este es el día después de la noche después de escuchar por primera vez el silencio. Porque el pájaro muerto yace sobre la banqueta de un mundo que dejó de ser. Porque estamos dentro de la cabeza de una mujer que ve fotografías de descarnada belleza. Porque hay botes de estaño que se estremecen, produciendo una música extraña, con el paso del viento. Porque hubo, alguna vez, un mundo lleno de trenes. Porque se tiene hambre. Porque se siente sed. Porque el eco de una voz anhelante produce anhelo. Porque hay cables de color negro enredados a las patas de la mesa. Porque la luz eléctrica produce un ruido inquietante. Porque hay una muchacha sola que gira en medio de una plaza vacía mientras grita el nombre de personas que no existen. Porque el eco. Porque ese eco. Porque galopan, enloquecidos, los caballos que han traído de la estepa. Porque las banderas desgarradas se mueven al compás del aire. Porque una muchacha sola pisa el cuerpo de un pájaro que, después de estrellarse contra el cristal de una ventana, yace muerto sobre la banqueta de un mundo que todavía es. Porque raro es el pájaro. Porque la muchacha solloza. Porque los altavoces parecen ojos de seres muy rígidos. Porque las lágrimas son puntiagudas. Porque hieren. Porque sí. ¿Por qué no?

⊗

[Ahora, en este momento, un Niño y un Hombre Mayor y una Mujer Joven emprenden el camino hacia Asiut]

El ruido de los pasos. Chlap. Chlop. Chlac.

El ruido del miedo dentro de las venas. Pum. Pam. Pum.

El ruido shrk crgg kgh del pensamiento a toda velocidad.

⊗

[Paisaje como premonición]

Antes de llegar al río, antes de intentar cruzarlo en un transbordador fantasma, el Niño y el Hombre Mayor y la Joven tienen que ver estas imágenes:

El negro de un pájaro (o de algo) que cruza, como mancha movediza, el manto grisáceo del cielo. Una especie de parpadeo. Un fulgor (al contrario).

Los edificios, rectangulares. Las calles. Los postes de luz inclinados sobre el asfalto. Los cables.

Los camiones, detenidos. Los helicópteros, a la vera del camino. Los tractores. Las bicicletas (sin manubrios). Una carriola. Los tanques del ejército. Las llantas. El color del óxido sobre todo eso.

Tienen que ver las altas equidistantes torres eléctricas. Los cables. Las aspas de los grandes abanicos. La rueda de la fortuna (asientos amarillos, sombrillas azules).

Los árboles sin hojas. Los matorrales entumecidos. Las ramas estrechas (cada vez más estrechas) y congeladas (cada vez más congeladas). La tierra. La tierra bajo el peso de la nieve y de las botas: un mapa de agujeros.

Tienen que ver el bosque encendido. Un bosque podrido y rojo. Esa mancha a lo lejos.

Y la lluvia: la manera en que las gotas aparecen y desaparecen del campo de visión (líneas fugitivas). La lluvia como una pura gota interrumpida. Esa sensación. Ese centelleo. La manera en que las gotas (pequeñísimas) tocan las mejillas: un choque más que una caricia. El sonido (que se puede ver) de las gotas: oleadas. El ruido sucio de los aparatos eléctricos. Oleadas. Una descompostura. Como si se tratara de un organismo vivo que respira. Oleadas. ¿Es esto, entonces, el cuerpo de la lluvia? Una biología ida. Algo que ya pasó.

El mutismo (el silencio) (el letargo) de la naturaleza que, todo junto, todo a la vez, hace presentir el peligro, invitándolo.

⊗

[Un ruido humano]

El Hombre Mayor corre y, tras él, tomados de la mano, la Joven y el Niño dejan sombras exiguas en el lodo (respiración alterada). El ruido del roce de los abrigos contra las ramas. El Niño (sin aviso) (sin transición) grita, un grito desconocido, un grito en un idioma extraño, un grito que es un puro grito, y el Hombre Mayor se detiene (ojos inmóviles) (órganos internos en expansión). Estatuas de alabastro (o de marfil). Hielo repentino. Un gesto.

La respiración, el inhalar y el exhalar, es todo lo que se escucha en medio de la oscuridad. La respiración.

Todo esto sucede en un lugar que no se puede ver. Adentro.

Apenas un minuto después se escucha el disparo y, enseguida, el eco del disparo (sonido que se adelgaza) (sonido en fuga). Sigue el silencio (temible). Luego el Niño pronuncia, entre dientes, la palabra *Asiut*.

Y todo se detiene una vez más. Todo se inmoviliza. Una catalepsia natural.

—Vamos —balbucea, mucho después, el Hombre Mayor con firmeza y dulzura entremezcladas. Un temblor. Se trata de una orden, de eso no cabe duda; una orden provocada por el miedo (la zozobra). Se trata de un "vamos" que se dirige, en verdad, hacia ningún lado.

—Entonces hay alguien más —elucubra la Joven sin atinar a moverse. Estatua de marfil (o de alabastro). Y su voz, de repente, adquiere la misma consistencia del hielo que se estrella (frágil) bajo sus pasos (inexistentes).

—Vamos —repite el Hombre Mayor mucho rato después, pero nadie se mueve.

⊗

[Lo que dice el Hombre Mayor mientras rodea, con ambas manos, la cabeza del niño]

Habla de Asiut como si se encontrara en trance (se encuentra en trance). Dice: es una ciudad de muertos. ¡Una verdadera ciudad de muertos! Todos, ahí, están muertos. Los que descansan están muertos y los que no descansan están muertos. Las casas son casas para muertos. Los que viven ahí (que es un decir meramente) son muertos. Muertos son los que caminan por las callejuelas y muertos los que se asoman por las puertas abiertas con sus hondos ojos de muertos. Muerto está el cielo sobre Asiut y, bajo su suelo, muerta está la muerta tierra. Yerma desde antes. Yerma desde siempre. Muerto va el pájaro que sobrevuela el desastre y muerto el insecto de inquietantes colores que repta y desfallece y escarba hasta encontrar o construir el nicho de su propia muerte, la eterna. La sola. Muertos son los blancos dientes de los muertos y las muelas careadas de los muertos y las uñas de los muertos que arañan la piel de los otros muertos. Hay muertas y pedazos de muertas en la calle. Asiut. Vamos todos a Asiut.

Y su rostro rejuvenece.

⊗

[Lo que ya no somos]

Suben al transbordador como si se tratara de un arca. Una última oportunidad. Atrás: la ciudad y el bosque y el Francotirador Invisible. Atrás: el teclado y la televisión y las fotografías. Atrás: el viento que, cuando logra causar el movimiento en una cortina o un aspa o un objeto de otra manera inmóvil, inquieta o asusta. Una tina de baño. Una alberca monumental. Las avenidas. Atrás las manadas de caballos que galopan a través de una ciudad sin hombres, ni mujeres ni niños. Les queda el ahora; el aquí. Van atravesando ahora mismo las secciones navegables del río. La Joven se dirige al Hombre Mayor (una pregunta) (un pensamiento de último minuto) y el Hombre Mayor alza los hombros (indiferencia) (no me molestes) por toda respuesta. Después vuelve la mirada hacia el cielo (ah, el infinito) (lo que todavía existe). Los ojos del Niño oscilan entre el Hombre que vuelve la cabeza hacia arriba y el rictus frustrado de la Joven. Es entonces que posa sus dedos (huesudos) (casi transparentes) sobre el dorso de la mano femenina y, en el contacto, le provoca, casi, calor. Algo tibio: el respirar de un ave.

—Miren —dice el Hombre Mayor señalando con el dedo índice el contenido de las aguas—. Ya no somos eso.

Lo que ven es lo siguiente: pantallas, zapatos, llantas, antenas, pañales, telas, auriculares, fotografías, pastillas, puertas, vidrio, libros, cajas, anteojos, cadáveres.

—Ya no —insiste.

Y la Joven con cara de pantalla, zapato, llanta, antena, pañal, tela, auricular, fotografía, pastilla, puerta, vidrio, libro, caja, anteojo, cadáver, lo mira (no lo puede creer) (no puede evitar sentir un súbito miedo) con pasmo.

Los tres fluyen como fluyen las aguas bajo la delgada capa de hielo que cubre al Prípiat.

⊗

[El huésped]

Habían visto el transbordador como si se tratara de un sueño o de un fantasma (figura holandesa), eso recuerda ahora, inclinada sobre sus rodillas (la mujer como cuna de sí misma), tratando de producir un poco de calor en el cuerpo. Habían brincado de gusto y, luego, azuzados por el Hombre Mayor, se habían cubierto las bocas con las manos, eso es lo que ve al cerrar los ojos (mujer que toca cuatro paredes húmedas). Cuando por fin saltaron hacia la estructura en movimiento (el dolor en las rodillas) (el miedo a resbalar) escuchó, de eso está segura, como escucha ahora, y de eso está también segura, esa voz que repite una y otra vez: "Raro es el pájaro que puede atravesar el río Prípiat". Sabe que, si sonríe, el frío le provocará dolor en las encías y en los dientes (ardor en los labios). Sabe que el transbordador avanza porque escucha el ruido (algo se quiebra) que provoca la quilla al chocar con la leve capa de hielo que cubre las aguas del Prípiat. Pero la voz. Un pájaro que vuela. Raro, sí. Nada en el cielo.

—Mira —balbucea el Niño en su oreja (el olor a dientes echados a perder), súbitamente sorprendido. Luego, al constatar la falta de reacción de la Muchacha, eleva el dedo índice hacia el cuarto de motores—. ¿Lo ves?

El presentimiento. El temor. Las ganas de salir corriendo.

—Es un hombre —le dice, titubeante—. O algo —se desdice.

La Joven flexiona el cuello (estado de alarma), eleva el mentón (el deseo): quiere ver. No sabría qué hacer en ese caso. La posibilidad de ver a otro, a alguien. Pero se incorpora velozmente, toma al Niño de la mano y avanza, con cautela (el latir del corazón), con esperanza (el pulso en las muñecas), entre los escombros de otras (cucharas, maletas, zapatos) y el óxido del piso, hacia allá.

—¿Estás seguro? —en sus ojos un agujero por donde se va el aire.

—No —contesta, avergonzado—. En realidad no. Parecía.

Un Niño y una Mujer Joven detenidos (figuras de alabastro) bajo el dintel de la puerta de un cuarto donde solo se escucha el sonido de los motores. El ronroneo. La quilla avanza. Nada en el cielo.

—¿Qué vamos a encontrar en Asuit? —le pregunta el niño (la dulzura de su voz) sin soltar su mano derecha.

—El cielo, allá, es de color azul —murmura por toda respuesta después, mirándolo. Luego, deshaciéndose de la presión de su mano por un momento, la Joven extrae algo del bolsillo derecho de su abrigo. Se acuclilla. Ojo con ojo; cabeza con cabeza. Torpe (mano enguantada), logra abrir el pequeño envoltorio (la imagen de una cebolla que) hasta que un huevo cocido aparece (*aparece* es la palabra correcta) frente a sus ojos.

La sonrisa entonces. Radiante, la comisura de los labios. Infinita, la alegría de los niños. De los locos. De los imbéciles.

Cuando viran las cabezas al mismo tiempo, como respondiendo ambos a un instinto animal o a una orden militar, se enfrentan con la mirada del alce que, atraído por el aroma del huevo, ha dejado su lugar tibio (impensable) detrás de las máquinas. Números. Palancas rojas. Círculos.

—Vamos a Asuit —vuelve a murmurar ahora cerca de su oreja—. En Asuit el cielo es azul —repite—. Ya lo verás.

⊗

[Uno siempre espera]

Un pájaro es un mensaje. Una forma de escritura sobre la página del cielo. Un pretexto para elevar la mirada y perderse en pensamientos oscuros y oscilantes. Otra forma de mover el horizonte. Tinta negra. Tinta roja. Tinta blanca. La melancolía que, ligera, remonta. El dolor que provoca la cercanía de lo lejos, otra forma de decir que lo imposible. Una caricatura. Una metáfora. Lo que está en lugar de. Un par de alas posthistóricas. El pico que desgarra. La redondez del ojo. Sucias, las plumas. Huellas sobre la arena o sobre la memoria.

—¿Por qué no te fuiste antes? —le pregunta la Joven al Hombre Mayor cuando el Niño duerme (por fin) sobre su regazo. Un alce a sus pies. El ronroneo de las máquinas.

En lugar de contestar, el Hombre ausculta el cielo aun a través del vidrio empañado de la ventana.

—Ten —le ofrece. La Mujer duda pero luego abre la mano para recibir un puño de muchas cosas pequeñas. Minucias.

—¿Pan? —el asombro en su voz, el temblor en su voz, la emoción en su voz.

—Mira —la interrumpe—. Mira allá.

Infinita la alegría de los niños y de los locos y de los imbéciles.

—¿Es eso realmente un ave? —atina a preguntar después, tiempo después, incrédula. Grumos de pan entre las muelas. Centeno. La mirada hacia allá: hacia fuera.

—Un pájaro es un mensaje —balbucea el Hombre—. Tinta negra sobre el cielo —murmura y guiña al mismo tiempo—. Mira lo cerca que está todo —insiste con las manos en alto, la mirada en el horizonte—. Incluso lo lejos.

Radiante la sonrisa sobre el rostro. Luminosa, la eternidad. Un torbellino hecho de manos y de saliva y de cabellos.

—Incluso lo ido —concluye, viéndola.

El silencio, que emerge. Que llena. Que suscita. ¿Cuánto tiempo sobre las aguas de un río? ¿Qué es fluir?

—Yo esperaba que todo desapareciera —susurra ella en la oreja del Niño que duerme sobre su regazo mientras se mece y lo mece, abrazándolo, protegiéndolo del frío y del Hombre que ronda su cabeza—. Uno siempre espera. Esperaba que todo quedara atrás. Borrado o tachado, para siempre. Esperaba. Pero nada, ni siquiera el pájaro, se desvaneció.

El cansancio en la voz. El hambre. La sed. Los ojos cerrados.

—Uno siempre espera —susurra el Hombre Mayor—. Sí.

—No te atrevas —le advierte, deteniendo las manos que se aproximan, deseosas, al cráneo infantil—. Déjalo descansar.

Demasiado tiempo sobre las aguas de un río. El hastío. El paso de las cosas.

—Tú necesitas ver eso tanto como yo —le asegura, vehemente—. Si no lo vemos vamos a perecer —le dice sin temblor alguno en la voz—. ¿Eso es lo que quieres? ¿Por eso te esperaste tanto para huir?

La Mujer Joven lo mira, inmóvil. No sabe qué contestar. No sabe qué hacer cuando el Hombre se hinca frente a la cabeza del Niño y, murmurando palabras incomprensibles, presa del fulgor que despiden sus dos grandes ojos alucinados, coloca las palmas de sus manos alrededor del cráneo.

⊗

[Cortometrajes]

—Mira —la invita—. Ve esto. Hay hileras de mujeres frente a los camiones verdes. ¿Ves las cicatrices en sus frentes? Tiritan de frío. Rezan. Hacen collares con sus dientes. Nosotros ya no somos todo eso —exclama al final—. Nosotros… —se interrumpe.

—Mira —insiste—. Los hombres van de un lado a otro, sin un camino. Se soban las manos. Lloran. Escupen dientes y vísceras. Hiel. Desean. Hay una vaca ahí —interrumpe, meditabundo.

—Mira —suaviza la voz—. Hay un piano en la habitación. Imagina la música, anda. Un árbol crece ahí dentro. Los rizos de pintura, mira cómo caen. Una cortina que se mueve. Las fotografías.

—Mira —profiere, excitado—. El gesto —señala algo en medio del aire y, cuando se da cuenta de que la mujer no puede verlo, de que la mujer no puede ver nada, se desanima—. El gesto de alguien —concluye, en voz baja.

—Mira —exclama—. ¡Ahora somos nosotros! Tú, el Niño y yo vamos andando a través de la ciudad y, luego, sobre la nieve, entre las plantas rojas. Vamos sobre el río, mira. Yo me recargo sobre ustedes dos, los abrazo y, luego, mi mano derecha toca tu seno por debajo del abrigo. El latido de tu corazón. Tu piel.

⊗

[Este latir]

La Mujer Joven lo recuerda al encallar, lo recuerda todo. Esto:

Intro-percusiones-(eq +graves)-acordes piano **Kontakt** (delay)-melodía piano **Kontakt** (**filtro** band pass)-acordes sintetizados del Vst A1 **Waldorf**, sonido Warm Pad (**filtro** low-pass 24 Db), Velocity 50%, modulación+3, osc1+2 en sync, chorus/flanger 90% depth 100%, mixer 70%, ring Mod 65% Osc2 50%, PW Mod 90%, PW 50%, _Detune 45%, Square, **LFO** Speed 50%, Range 3, Glide on 25% **ADSR OSC1** normal, **ADSR OSC2** normal (50%, 45%, 50%, 75%)-Armonía ambiental Vst A1 Thin Whistles WFM (**filtro** high-pass 12 DB, cutoff 54%, Velocity 60%, modulación+6, osc1+2 en sync, chorus/flanger 50% depth 100%, mixer 50%, ring Mod 35% Osc2 50%, PW Mod 60%, PW 40%, _ Detune 0%, Square, **LFO** Speed 50%, Range 3, Glide off 0% **ADSR OSC1** (30%, 60%, 75%, 80%), **ADSR OSC2** (50%, 60%, 30%, 40%). Bassdrum 4x4 (tambora sample, EQ agudo, compresor 45%) Congas Kontakt (tambora sample, EQ medio, spectral delay 5%). Bajo VST VB-1 Warm Bass (shape 40%, detune 66%, Vol-l.93, pastilla media), Ritmo con Vocoder tambora samplefiltrado electribre y electroharmonics de variadas especificaciones.

A medida que la música le inunda el oído izquierdo, recuerda lo demás. El latir del corazón. El azoro ante el silencio. La sorpresa de su aparición. El veredicto: partiré. Los mosaicos de mármol. El paso de mucho tiempo. El veredicto: esperaré más. Soy algo (un ave quizá) que puede cruzar el río Prípiat. La ciudad me arropa, vacía. El verbo galopar. Un abrazo. ¿Es esto un Hombre y un Niño? Soy una máquina de ver. El fluir de la sangre bajo la piel. Este latir.

El pie sobre el lodo, enterrándose. La respiración: algo que se agita dentro. Está a punto de decir: estamos perdidos justo al poner pie en tierra pero, antes de decirlo, antes de que la frase se deslice por la lengua y cruce, entera, por el pasadizo estriado de la boca, se ríe. La carcajada como un galopar de caballos traídos de la estepa. La carcajada como un mensaje negro que atraviesa el cielo con el pico a cuestas. La carcajada como la invitación para doblarse en dos, estremecida.

—Vamos —insiste el Hombre, extendiéndole la mano—. No hay tiempo que perder.

—Somos un clan —le susurra el Niño. Todo el temor dentro de su voz—. Vamos.

Cuando la Mujer Joven cae de rodillas sobre el lodazal; cuando, meditabunda o exhausta, esconde la cara dentro de su propio pecho, exclamando palabras, o pedazos de palabras, que batallan para existir afuera, en la intemperie, el Hombre Mayor se acerca. Una mano trémula sobre sus cabellos. La mirada del alce. La mirada del Niño. La mirada del pájaro que sobrevuela. Este latir.

—Ya lo hemos hecho —le dice en voz muy baja—. Ya hemos atravesado el Prípiat —insiste, colocando su mano por encima del abrigo, sobre el pecho de la Mujer. Frente contra frente. La nariz. La boca. La cercanía de las bocas, las caras.

La Mujer eleva el rostro entonces y lo observa a él, al Hombre, como a través de mucho tiempo. Como a través de una catástrofe.

—Asuit no existe —murmura una y otra vez—. Asuit —dice. Una exhalación.

El Hombre, desesperado en su quehacer alrededor del cuerpo de la mujer y del niño y del animal, escupiendo saliva y blasfemias, coloca una vez más las palmas de sus manos alrededor del cráneo del infante.

—Pero existe Ilinstí —enuncia, altivo—. Mira —insiste—. Existe Shepelichi.

Infinito el júbilo de los locos y los imbéciles. Radiante, la sonrisa. Atroces las imágenes que describe la voz desde el futuro:

Una de estas aldeas es Ilintsí, donde ahora vive una veintena de personas, entre las que se encuentra Anna Oníkonevna Kalitá, de ochenta y dos años, conocida simplemente como la abuela Anna. Habita una humilde casa de madera con su marido, el abuelo Mijaíl, dos vacas y algunos cerdos y aves de corral, sin que le falte su fiel perro, un pequeño chucho flaco y asustadizo.

Entre los cientos de personas que viven en la zona hay dos que son famosos: el abuelo Savka, de setenta y seis años, que con su esposa son los únicos habitantes de la aldea Shepelichi a solo tres kilómetros de la central. Fueron noticia el año pasado, cuando el presidente los visitó. Poco después, le llevaron de parte del jefe del Estado un par de cerditos de regalo.

⊗

[Lo que el pájaro ve]

Un mundo imposible allá abajo.
Un hombre y una mujer y un niño y un alce: manchas sobre el paisaje.

La sombra de su propio vuelo sobre la página.

La respuesta de Agripina

—¿Por qué no regresaste allí? Te estuvimos esperando.
   —Entré aquí a rezar. No he terminado todavía.
   —¿Qué país es este, Agripina?
   Y ella volvió a alzarse de hombros.

JUAN RULFO, "Luvina", El llano en llamas